W0219872

Antje Szillat

Drei Pferdefreundinnen

Diebesjagd am Set

© privat

Antje Szillat ist freie Autorin und hat zahlreiche Bücher für Kinder, Jugendliche und junge Erwachsene veröffentlicht. Sie ist selbst seit ihrer Kindheit eine versierte Reiterin und verbringt wie ihre Protagonistinnen viel Zeit mit ihren vier Pferden. Auch ihre Töchter sind mit Pferden groß geworden. Antje Szillat begleitet sie regelmäßig zu zahlreichen Turnieren.

Antje Szillat

Drei Pferdefreundinnen

Diebesjagd am Set

dtv

Ausführliche Informationen über
unsere Autoren und Bücher
www.dtv.de

Von Antje Szillat sind bei dtv junior außerdem lieferbar:
Flätscher – Die Sache stinkt! (Band 1)
Flätscher – Krawall im Kanal (Band 2)
Flätscher – Mit Spürnase und Stinkkanone (Band 3)
Flätscher – Schurken voraus! (Band 4)
Mein Flätscher Freundebuch
Flätschers großer Mitmachspaß
Drei Pferdefreundinnen – Filmpferd in Not
Drei Pferdefreundinnen –
Ein neuer Star im Sattel (erscheint März 2019)
Die Tiefen deines Herzens

MIX
Papier aus verantwortungsvollen Quellen
FSC® C014496
FSC www.fsc.org

Originalausgabe
© 2018 dtv Verlagsgesellschaft mbH & Co. KG, München
Dieses Werk wurde vermittelt durch die
Literarische Agentur Thomas Schlück GmbH, 30161 Hannover
Umschlaggestaltung: Carolin Liepins
Gesetzt aus der Charlotte 13,3/17˙
Satz: Fotosatz Amann, Memmingen
Druck und Bindung: GGP Media GmbH, Pößneck
Gedruckt auf säurefreiem, chlorfrei gebleichtem Papier
Printed in Germany · ISBN 978-3-423-76226-7

Für Rosé de la Sol – du Schönste von allen!
Deine Gangarten sind eine Augenweide –
du bewegst dich frei und leicht, fast schwebend.

LoveRosi

Prolog

Der braune Wallach hob die Nase aus dem Heu und spitzte die Ohren. Mit geblähten Nüstern machte er einen Schritt nach vorne und streckte den Kopf zur Stallgasse hinaus.

Im Hauptstall war es dunkel. Und auf den ersten Blick auch ruhig und friedlich. Hier war das gleichmäßige Heumalmen eines Pferdes zu hören, dort das entspannte Schnauben eines anderen, etwas weiter hinten das Klackern der Wassertränke. Doch in den meisten der geräumigen Boxen des Gestüts Casparon lagen die Pferde schlafend im Stroh oder dösten im Stehen.

Nur das empfindsame Gehör des Braunen hatte etwas wahrgenommen. Ein Geräusch, das ihn nun erneut aufhorchen ließ, ihn irgendwie zu beunruhigen schien, weil es nicht hierherpasste. Nicht um diese Uhrzeit, nicht mitten in der Nacht.

Motorgeräusche, die sich dem Gestüt von der Waldseite her näherten. Dann, unweit vom Hauptstall entfernt, das leise Zuschlagen einer Autotür. Kurz darauf fiel eine zweite mit einem dumpfen Klacken ins Schloss. Dann herrschte wieder Stille. Unheimliche Stille.

Noch einmal schnaubte der Wallach, während er sich in seiner Box umwandte. Im nächsten Moment streckte er seinen schönen Kopf zum Stallfenster hinaus und prustete. Die Luft war frisch und klar, doch in ihr lag bereits die Ankündigung eines heißen Spätsommertags.

Ein Schatten huschte von hinten am Hauptstall vorbei. Rascheln. Leise geflüsterte Worte. Die Ohren des Wallachs gingen vor und zurück, verrieten, wie angespannt er war. Als ahnte er die Gefahr, die sich im Schutz der nächtlichen Schwärze dem Stall näherte.

Das leise Surren einer Bohrmaschine erklang und nun begann das Tier so heftig mit dem Vorderhuf zu scharren, dass es das Stroh zur Seite fegte und mit dem Eisen über den Betonboden ratschte. Der Wallach wieherte laut.

»Verdammt«, fluchte eine dunkle Stimme. »Der blöde Gaul macht noch alle wach und versaut uns die ganze Tour.«

Gleichzeitig wurde das Boxenfenster des Pferdes von außen so abrupt zugedrückt, dass das Tier einen erschrockenen Satz nach hinten machte.

Verschreckt zog es sich in die hinterste Ecke seiner Box zurück und starrte in die Dunkelheit.

Kapitel 1

»Hey, Nelly! Jetzt bleib doch mal stehen!«

Nelly hatte sich gerade auf ihr Rad geschwungen, als Katas Stimme hinter ihr erklang.

Erstaunt drehte sie sich zu ihrer Freundin um. »Hä? Was machst du denn hier? Ich dachte, du bist auf Klassenfahrt?«

Kata winkte ab. »Hör mir bloß damit auf.« Sie verzog ihr hübsches Gesicht, als hätte sie in eine Zitrone gebissen. »Dieses bekloppte Landschulheim hat dichtgemacht … oder anders: Es wurde dichtgemacht.«

Nelly verstand kein Wort. »Warum das denn?«

»Ganz einfach, am Freitag sind dort wohl ein paar Leute vom Ordnungsamt aufgetaucht. Routinemäßige Kontrolle oder so. Dabei haben die dann aber diverse Mängel festgestellt und beschlossen, die Anlage sofort zu schließen. Doch der eigentliche Knaller daran ist, dass die Betreiber es nicht einmal für nötig gehalten haben, die Schulen zu verständigen. Als wir heute Vormittag dort angekommen sind, standen da bereits drei Busse mit Schülern und Lehrern von anderen Schulen, die ebenso ahnungslos waren wie wir.«

»Was? Das gibt es ja gar nicht.« Nelly war wirklich baff.

Kata sog die Luft scharf zwischen den Zähnen ein. »Leider doch. Es hat eine Ewigkeit gedauert, bevor sich mal einer von denen dort blicken ließ und erklärt hat, was Sache ist.«

»Und dann?«

»Dann gab es erst einmal einen Riesenstress, weil sich natürlich alle Lehrer mächtig aufgeregt haben. Anschließend sind wir wieder in den Bus und die ganzen dreieinhalb Stunden zurück zur Schule gefahren.«

»Au Backe«, murmelte Nelly. »Was für 'ne Pleite.«

»Du sagst es.«

»Und fahrt ihr jetzt woandershin?«

Kata zuckte mit den Schultern. »Bestimmt. Nur natürlich nicht sofort. Es muss ja erst einmal etwas Neues gefunden werden und dann geht es auch noch um das Geld, das bereits an das Landschulheim gezahlt wurde.«

»Das klingt überhaupt nicht schön«, fand Nelly.

Aber Kata konnte schon wieder lächeln. Sie hakte sich bei ihrer Freundin unter und meinte: »Hat aber auch was Gutes, denn jetzt muss ich wenigstens nicht fünf ewig lange Tage ohne meine geliebten Hottis und besten Freundinnen auskommen.«

Nelly grinste. »Stimmt. Das ist wirklich ein großer Trost.«

»Und wo wolltest du gerade hin?«

»Aufs Gestüt«, erklärte Nelly.

Nun war es Kata, die staunte. Nelly wohnte in unmittelbarer Nähe des Gestüts Casparon, quasi nur einmal um die Ecke. »Mit dem Rad?«

»Ich will direkt nach dem Reiten noch zum See fahren. Es ist ja heute wieder so brüllend heiß und ich habe mich mit ein paar Leuten aus meiner Klasse dort verabredet.«

Schmollend schob Kata die Unterlippe vor. »So so, kaum bin ich mal weg, schon suchst du dir andere beste Freunde, was?!«

Nelly sah sie erschrocken an. »Quatsch, ich-ich …«

»Mensch, Nelly«, lachte Kata, »nun guck nicht gleich so schuldbewusst. Ich wollte dich doch nur ärgern. Wow, aber echt krass, wie schnell du ein schlechtes Gewissen bekommst.«

Nelly buffte ihr gespielt ärgerlich gegen den Oberarm. »Bestimmt, Kata, bestimmt habe ich Angst vor dir.«

Kata warf ihr ein Luftküsschen zu. »Ja, ja, Schatz, ich liebe dich auch.«

Kurz darauf schlenderten die beiden Mädchen Seite an Seite durch das schmale Fußgängertor des edlen Gestüts Casparon. Nelly stellte ihr Rad in den Ständer neben dem Haupteingang, der zu der imposanten Reithalle führte, und folgte dann Kata, die bereits in den Hauptstall vorgegangen war. Die Pferde der beiden Mädchen, Flying Dutchman und Showgirl, hatten ihre Paddockboxen zwar in einem kleineren Nebentrakt, der rechts vom Hauptstall abging und auch über einen eigenen Eingang verfügte, doch durch den Hauptstall gelangte man ebenfalls dorthin. Kata nahm häufig den kleinen Umweg durch den Hauptstall, um zu sehen, wer sonst noch so alles auf dem Hof war. Außerdem konnte man von hier aus einen Blick in die Reithalle werfen und gleich mal die Lage checken, ob es zu voll war, um auch noch dort zu reiten. Bei der Hitze, die nun schon seit Monaten herrschte, zog es selbst die überzeugtesten Frischluftfanatiker in die kühle und vor allem fliegen- und stechmückenfreie Reithalle.

Als Nelly Kata kurz darauf folgte, rechnete sie nicht damit, in eine Menschentraube aus Einstellern, Gestütsmitarbeitern und zwei uniformierten Polizisten zu rennen.

»Was ist denn hier los?«, wollte sie von Kata erfahren, die allem Anschein nach schon voll im Bilde war. Zumindest meinte Nelly das an ihrem betroffenen Gesichtsausdruck zu erkennen. »Warum ist die Polizei hier?«

»Ruhe!«, rief in diesem Moment Cliff Barnes, der, seitdem der vorherige Gestütsleiter Ansgar von Bettner fristlos von den Casparons entlassen worden war, die Leitung des Anwesens übernommen hatte. Außerdem war er der Chef einer Tier-Stunt-Agentur, deren Filmpferde allesamt auf dem Gestüt standen. Das bot sich schon deshalb an, weil die DreamLand-FilmStudios direkt neben dem Gestüt lagen.

»Wenn alle durcheinanderreden, dann versteht man kein Wort.«

»Was ist passiert, Kata?«, wiederholte Nelly flüsternd ihre Frage.

»Es wurde eingebrochen«, zischte Kata nun zurück. »Im Hauptstall.«

»WAS?« Nelly rief so laut und entsetzt, dass Cliff Barnes, der im Gegensatz zu seinem Vorgänger total nett und sympathisch war, sie vorwurfsvoll anguckte.

»Nelly, Kata, das gilt auch für euch!«

Verlegen nickte Nelly, während Kata ihr den Ellbogen in die Seite rammte.

»Den Pferden geht es aber gut, oder?«, raunte Nelly Kata dennoch zu.

Kata nickte. »Die Typen hatten es zum Glück *nur* auf

die Sättel abgesehen. Die Pferde haben sie in Ruhe gelassen.«

»Puh …« Die Luft schoss wie aus einem geplatzten Luftballon aus Nelly heraus. Schließlich hörte man immer wieder aus allen möglichen Regionen von sogenannten Pferderippern. Der absolute Albtraum und die größte Angst eines jeden Pferdebesitzers. Das mit den Sätteln war natürlich auch schrecklich und vor allem nicht wirklich erklärbar.

»Wie ist das nur möglich?«, sprach nun Henrike, eine junge Frau, die zwei Pferde auf dem Gestüt stehen hatte, Nellys Gedanken aus. »Die Anlage ist doch jetzt wirklich erstklassig gesichert. Mit einer nagelneuen Alarmanlage und zusätzlichen Überwachungskameras ausgestattet. Die Tür zum Hauptstall ist mehrfach verriegelt, und um überhaupt nach 22 Uhr auf den Hof zu kommen, braucht man den richtigen Code. Ich verstehe das einfach nicht.«

»Deshalb ist die Polizei hier, Henrike«, gab Cliff Barnes zurück, »um eben genau diesen Fragen auf den Grund zu gehen.«

Nun ergriff einer der beiden Polizisten das Wort, ein dunkelhaariger, noch ziemlich jung aussehender Mann.

»So ist es. Wir werden jetzt zunächst das Videomaterial der letzten Nacht aus den Überwachungskameras auswerten und haben auch die Spurensicherung verständigt, die versuchen wird, den Vorgang zu rekonstruieren. Es wäre hilfreich, wenn Sie uns unterdessen eine Auflistung der entwendeten Sättel machen könnten. Idealerweise mit einem Foto oder, falls nicht vorhanden, zumindest einer Abbildung des Modells samt Circa-Preisangabe.«

Kata hob die Hand und wurde mit einem kurzen Kopfnicken vom dunkelhaarigen Polizisten zum Reden aufgefordert.

»Handelt es sich nur um die Sattelkammer im Hauptstall? Ich meine, ist schon jemand drüben in den beiden anderen Trakten gewesen und hat nachgeschaut, ob dort die Spinde auch aufgebrochen wurden?«

»Ja!«, gab der Polizist zurück. »Es dreht sich *nur* um die Sattelkammer im Hauptstall.«

Kata nickte. »Okay, gut …«

»Gut?!«, wurde sie daraufhin von Simone, der etwas älteren und leicht untersetzten Besitzerin des Trakehners Catch me angeranzt. »Ich weiß wirklich nicht, was daran *gut* sein soll, dass uns hier im Hauptstall die Sättel geklaut wurden. Meiner zum Beispiel war nagelneu und hat ein Vermögen gekostet. Und dann kommt noch hinzu, dass ich ihn nicht versichert habe, weil ich absolut davon überzeugt war, dass so etwas hier nicht passieren könnte.« Sie hatte sich regelrecht in Rage geredet. Ihre Wangen glühten knallrot, ihre Augen funkelten Kata empört an.

»So habe ich das doch überhaupt nicht gemeint«, versuchte Kata klarzustellen. »Nur eben … na ja, ich bin halt einfach erleichtert, dass mein Sattel noch da ist.«

Simone schnappte nach Luft wie ein Fisch auf dem Trockenen. »In deinem Fall hätte es nun aber bestimmt keine Arme getroffen.«

Bevor Kata etwas erwidern konnte, hob Cliff Barnes beide Hände und rief laut: »Es bringt absolut niemandem etwas, wenn wir uns jetzt gegenseitig irgendwelche Vorwürfe machen.«

Es wurde zustimmend gemurmelt, bis Cliff erneut das Wort ergriff. »Diejenigen, die das große Glück haben, ihren Sattel noch zu besitzen, bitte ich, die Stallgasse zu verlassen. Die anderen sind jetzt so freundlich und kommen der Aufforderung von Kriminalobermeister Henschel nach.«

Nelly umfasste Katas Unterarm und zog sie mit sich aus dem Stall auf den Hof.

»Simone hat doch wohl 'nen Knall!«, regte Kata sich draußen auf.

Nelly winkte ab. »Lass sie doch reden und hör da einfach nicht hin.«

Kata stemmte die Hände in die Hüften. »Nö, lass ich nicht. Das nervt nämlich. Ständig muss ich mir irgendwelchen Unsinn anhören. Ob es nun ums Reiten geht, unsere Pferde oder sonst was. Und jetzt bin ich sogar noch daran schuld, dass *ihr* Sattel und nicht meiner geklaut wurde.«

Nelly zuckte mit den Schultern. »Na ja, die sind halt neidisch. Das ist doch nicht neu für dich. Du reitest fantastisch, Fly ist megatalentiert. Ihr beiden kommt von kaum einem Turnier ohne eine Schleife zurück, meistens sogar der goldenen, und dann führst du jetzt auch noch diesen Junioren-Förder-Cup an. Tja, und zu allem Überfluss sind deine Eltern auch noch reich …«

Wütend stampfte Kata mit dem Fuß auf. »Ja, das ist alles richtig, aber Fly habe ich selbst ausgebildet. Er hat kein Vermögen gekostet und ich habe da auch noch niemals einen Profibereiter oder so draufsitzen gehabt. Dass wir jetzt so erfolgreich sind, das haben wir uns selbst erarbeitet.«

Versöhnlich legte Nelly den Arm um Katas Schulter. »Kata, reg dich ab. Ich weiß das, du weißt das, Leo, Mila – alle wissen es. Aber die Leute sind nun mal so. Vergiss das Gelaber und freu dich, dass es mit Fly so toll läuft und dass unsere Sättel noch da sind.«

Nachdenklich nickte Kata. »Hm … hast ja recht. Aber mir jetzt wieder gleich ’nen Strick draus drehen wollen, nur weil mein Sattel nicht geklaut wurde. Ich meine, Nelly, du hattest doch auch Glück. Aber zu dir hat keiner gesagt, dass es ja wurscht wäre, weil du dir locker ’nen neuen kaufen kannst.«

Nelly grinste. »Weil's ja auch so nicht ist. Wenn mein Sattel weg wäre, müsste ich ohne reiten. Meiner ist nämlich auch nicht versichert und einen neuen, pfff, meine Mutter zeigt mir 'nen Vogel. Die mosert eh ständig, dass das mit dem eigenen Pferd eigentlich echt nicht geht, weil alles so viel Geld kostet und so. Wenn Showgirl nicht schon so eine alte Lady wäre und meine Großeltern nicht regelmäßig den Schmied bezahlen würden, ich sag's dir, meine Mutter hätte sie längst verkauft.«

Kata hatte schon den Mund aufgeklappt, um etwas zu erwidern, da kam Mila auf den Hof geradelt. Ihr altes Hollandrad knarrte und quietschte, im Korb auf dem Gepäckträger polterte ihre Stiefeltasche hin und her. Ihre wilde blonde Lockenmähne flatterte im Wind und ihr Gesicht brannte dunkelrot, sodass man die unzähligen Sommersprossen darin nicht mehr erkennen konnte.

»Hey, hey, ihr beiden«, rief sie und winkte ihren Freundinnen fröhlich zu. Doch dann stockte sie: »Ähm, Kata, bist du nicht auf Klassenfahrt? Und, oh Mann, was macht denn der Streifenwagen hier auf dem Hof?«

»Erzählen wir dir gleich alles«, versprach Nelly und gab Mila mit der Hand ein Zeichen, mit rüber in den Stalltrakt zu kommen. Dort stand neben Fly und Showgirl auch Milas Pflegepferd Branco, ein ehemaliges

Filmpferd, das aufgrund einer inzwischen wieder verheilten Fesselträgerverletzung vorzeitig in den Ruhestand geschickt worden war. Es gehörte wie viele der Filmpferde hier auf dem Hof den Casparons. Vor Kurzem hatten sie Mila angeboten, sich um ihn zu kümmern, und sie damit zum bestimmt glücklichsten Mädchen der Welt gemacht.

Kapitel 2

Der Himmel über den drei Reiterinnen und ihren Pferden war hellblau, die Luft voller Spätsommerdüfte und die heißen Sonnenstrahlen trieben ihnen den Schweiß auf die Stirn und in den Nacken.

Fly kannte den Weg Richtung Feldmark und den anschließenden Wald und wusste genau, dass gleich die Stelle kam, an der er nach Herzenslust galoppieren durfte.

Kata hatte jedoch in letzter Zeit bewusst darauf verzichtet, ihn hier lospreschen zu lassen. Sobald sie nämlich den schmalen Sandweg erreichten und Kata die Zügel kürzer nahm, bog er angeberisch den Hals, stellte den Schweif etwas auf und begann, unruhig auf der Stelle zu tänzeln.

»Puh, der spielt sich ja mächtig auf«, lachte Nelly

mit Blick auf Fly. »Wollen wir galoppieren, damit er ein bisschen Dampf ablassen kann?«

Kata schüttelte den Kopf, während sie Mühe hatte, den Hellbraunen manierlich im Schritt zu halten.

»Fly weiß genau, dass es hier auf die Galoppstrecke geht, und wird schon eine halbe Ewigkeit vorher ungeduldig, sodass ich Probleme habe, ihn im Zaum zu halten. Er hat sich in den letzten Wochen ziemlich verändert. Durch das regelmäßige Training hat er noch mehr Muskeln aufgebaut und Kraft bekommen. Manchmal habe ich das Gefühl, auf einem Pulverfass zu sitzen. Er darf nicht ständig seinen Willen kriegen und deshalb möchte ich ihn erst am Ende des Weges hinten auf der Wiese angaloppieren lassen.«

»Okay, das ist bestimmt richtig so«, fand Mila. Ihr Branco war die Ruhe und Gelassenheit höchstpersönlich, ging entspannt am langen Zügel. Ein echter Genuss, ihn im Gelände zu reiten.

Kata hingegen musste ununterbrochen beruhigend auf ihren heißblütigen Fly einreden: »Ist ja gut, mein Junge. Gleich darfst du galoppieren. Gleich … aber nicht jetzt.«

Fly klappte ein Ohr nach hinten. Er verstand ganz genau, was Kata zu ihm sagte – und vollführte prompt den nächsten Buckler im Schritt.

»Was für ein verrückter Kerl«, grinste Nelly. Wie Mila konnte auch sie sich nicht über ihre Stute beschweren. Showgirl lief artig dahin und ließ sich nicht im Geringsten von Flys Ungeduld anstecken.

Endlich hatten sie die Wiese erreicht, die den Wald in zwei Areale aufteilte, um sich dann nach einer Strecke von knapp zwei Kilometern wieder zu einem großen Forst zu vereinen. Ein leichter Wind rauschte durch die Baumwipfel. Kata ließ Fly antraben, woraufhin er auf der Stelle explodierte und seiner Reiterin die Zügel aus der Hand riss. Nun hatte Kata nicht mehr die geringste Chance, ihn zu halten. Mit einem übermütigen Quietschen schoss er wie angestochen davon. Nelly und Mila ließen ihre Pferde hinter ihm hergaloppieren, konnten ihn jedoch nicht einholen.

Die Wiese verlief leicht bergauf, ideal, um die Pferde erst einmal ein bisschen auszupowern. Trotzdem ärgerte Kata sich etwas über ihren ungestümen Fly. Nun hatte er sich doch wieder durchgesetzt und Kata hatte nichts tun können, als zuzusehen, dass sie im Sattel blieb. Sie würde später noch mit ihm in die Halle gehen und ein paar Dressurlektionen üben – etwas, das der springtalentierte Wallach so gar nicht mochte. Aber, na ja, Strafe musste sein, und wenn er sich ordentlich ausgepowert hatte, dann hatte es Kata nachher leichter mit ihm. Außerdem war es das A und O für ein gutes Springpferd, dass es auch regelmäßig Dressur geritten wurde. Viele Springreiter vergaßen das leider völlig und wunderten sich dann, wenn ihre Pferde steif und unrittig waren und irgendwann erhebliche Rückenprobleme bekamen.

Kata ging in den leichten Sitz über, ließ Fly die Zügel etwas länger, woraufhin er sich ordentlich streckte. Seine Hufe trommelten dumpf über den trockenen Boden.

Viel zu schnell hatten die Freundinnen das Ende der Galoppstrecke erreicht und mussten ihre Pferde durchparieren. Nelly und Mila gelang das ohne große Probleme. Auch die Pferde litten unter der Gluthitze, die selbst Ende September noch anhielt, und hatten sich deshalb ziemlich schnell verausgabt. Fly hingegen ließ sich erst zum Schritt durchparieren, nachdem Kata ihn auf einen immer kleiner werdenden Zirkel gelenkt hatte. Doch der wilde Galopp hatte ihm gutgetan, er schnaubte ein paarmal zufrieden und ging dann wesentlich ruhiger am langen Zügel im Schritt zwischen Showgirl und Branco dahin.

Kata seufzte tief. »Ich muss mir fürs Training noch mehr Abwechslung einfallen lassen. Wenn er immer ausdauernder und kraftvoller wird, dann ist das ja einerseits gut, aber andersherum krieg ich ihn dann bald nicht mehr durch den Parcours gelenkt. Er wird am Ende einfach zu schnell … nicht mehr händelbar …«

»Aber bildschön ist er«, schwärmte Nelly. »Und dieser Galopp, Wahnsinn, so was von raumgreifend, ohne Worte, nur absolute Bewunderung.« Doch kaum hatte sie ihren Satz zu Ende gebracht, schüttelte sie missmutig den Kopf. »Irgendwie fühle ich mich schlecht. Wir genießen hier unseren Ausritt, schwärmen von Flys irrer Galoppade und wie er sich gemacht hat, während die anderen fix und fertig wegen ihrer geklauten Sättel sind.«

»Was sollen wir deiner Meinung nach tun, Nelly?«, erwiderte Kata. »Ich meine, wir können ja nicht wirklich helfen. Zumal der Polizist und auch Cliff klar und deutlich gesagt haben, dass diejenigen, die von dem Diebstahl nicht direkt betroffen sind, bitte schön das Feld räumen sollen.«

»Den Tatort«, verbesserte Mila sie. »So was nennt man Tatort.«

»Tatort«, meinte Kata nachdenklich, »wie sich das anhört … richtig schaurig … irgendwie nach Mord …« Kata schüttelte sich ein wenig im Sattel, was Fly gleich ausnutzte, um einen kleinen, übermütigen Bocksprung zu fabrizieren.

»Spinner«, schimpfte sie ihn halbherzig aus und klopfte ihm dann liebevoll den Hals. »Hm, ich glaube, genau das ist mein Problem. Ich kann ihm einfach nicht böse sein. Egal wie wild er sich aufführt, ich finde ihn süß. Dieser unmögliche Rabauke hat mich fest im Griff.« Kata lachte über sich selbst und dann über Fly, der vor seinem eigenen Schatten erschreckte und einen Satz zur Seite machte.

»Auch wenn wir verschont geblieben sind, weil wir das Glück hatten, dass unsere Pferde nicht im Hauptstall stehen, ich finde den Gedanken echt unheimlich, dass sich nachts irgendwelche Ganoven auf dem Gestüt herumgetrieben haben«, erklärte Nelly.

Kata nickte. »Ja, mir geht es genauso.«

»Meint ihr, die kommen noch mal zurück und versuchen es auch in den beiden anderen Stalltrakten?«, fragte Mila.

Nelly schüttelte sich unbehaglich. »Das will ich nicht hoffen. Und vorstellen kann ich es mir ehrlich gesagt auch nicht. Die Casparons und Cliff als Gestütsleiter sind nun gewarnt und werden unter Garantie ihre Sicherheitsmaßnahmen noch mehr verschärfen.«

»Vielleicht ist ja auf den Videoaufnahmen etwas zu sehen und die Polizei kann die Diebe schnell überführen«, hoffte Kata.

Die beiden anderen Mädchen nickten. »Karl hat vorhin gemeint, er würde am liebsten die nächsten Nächte im Stall schlafen. Zusammen mit Jurek und einigen Mistgabeln, die er den miesen Kerlen liebend gern direkt in ihre Allerwertesten rammen möchte.«

Mila lachte leise auf. »Ich sehe es schon bildlich vor mir …«

Kapitel 3

Eine halbe Stunde später kehrten die drei Freundinnen aufs Gestüt zurück. Inzwischen war es später Nachmittag und noch weitere Einsteller waren auf den Hof gekommen. Noch immer war der Einbruch das Topthema Nummer eins. Ganz besonders diejenigen, die keine Sattelversicherung hatten, machten einen bedrückten Eindruck – was tatsächlich auf die Mehrzahl der Beklauten zutraf.

»Ich hätte nie für möglich gehalten, dass so etwas hier bei uns passieren könnte«, sprach Elke, die Besitzerin eines tollen Sporthafis, aus, was die meisten dachten.

»Was sagen denn eigentlich die Casparons dazu?«, wollte ihr Freund Torben, der ebenfalls ein begeisterter Reiter war, von Cliff erfahren.

»Die beiden sind gerade im Urlaub und deshalb habe ich bisher nur am Telefon mit ihnen über den Einbruch sprechen können. Natürlich sind sie entsetzt darüber und haben mich gebeten, alles Notwendige in die Wege zu leiten. Für diejenigen, die keine Versicherung haben, lasse ich deshalb gerade prüfen, ob eventuell die Haftpflichtversicherung der Casparons einspringt.«

Um kurz vor 18 Uhr kam dann Katas ältere Schwester Saskia in ihrem Mini Cooper auf den Hof gefahren und witterte sofort eine Topstory für ihre mehr als hunderttausend Instagram-Follower und YouTube-Abonnenten. Sasis-Beauty-Pferdewelt war wirklich ziemlich erfolgreich. Saskia war deshalb allerdings auch oftmals unerträglich – und das fand nicht nur ihre Schwester Kata.

»Kata, du machst sofort ein Video von mir!«, befahl Saskia jetzt und wollte Kata das Handy in die Hand drücken.

»Nö. Ich habe weder Zeit noch Lust«, brummte die und weigerte sich, es anzunehmen.

Sofort regte sich Saskia künstlich auf: »Sag mal, brennst du, oder was? Hier geht es um eine wichtige Info, die ich meinen Followern mitzuteilen habe. Viele von denen haben ihre Pferde ebenfalls irgendwo unterstehen. Und wenn aktuell mal wieder irgendeine Bande unterwegs ist und nachts die Sattelkammern ausräumt, dann ist es meine Pflicht, meine Fans zu warnen.«

Fans. Boah, Saskia nervt mal wieder gigantomanisch, schoss es Kata durch den Kopf. Es war kaum zum Aushalten, wie sie mit ihrem bekloppten Chanel und dem Insta-Account angab. Doch in diesem Fall hatte sie leider recht. Die anderen Pferdeleute mussten gewarnt werden.

»Soll ich?«, bot Mila ihr an. Sie war wirklich eine gute Freundin, obwohl sie sich erst seit drei Monaten kannten.

»Lieb von dir, aber es reicht, wenn sie mich für ihre Zwecke einspannt. Ich will nicht, dass ihr auch noch darunter leiden müsst«, brummte Kata.

Sie verdrehte die Augen, als sie sah, wie Saskia schon mal *betroffene Miene* probte, und nahm ihr schließlich das Handy ab.

»Aber nur, weil es wichtig ist. Denk bloß nicht, ich mache das jetzt öfters«, erklärte sie ihrer Schwester.

Die zuckte gleichgültig mit den Schultern und zwitscherte: »In Wirklichkeit bist du doch froh, dass du Teil meines Erfolges sein darfst.«

Kata schnappte nach Luft. Saskia war wirklich der Klopfer – unfassbar von sich überzeugt und total selbstverliebt. Aber irgendwie musste man das wohl auch sein, wenn man bereit war, Großteile seines Lebens mit anderen im Internet zu teilen. Wobei Saskia immer behauptete, dass Sasis-Beauty-Pferdewelt nichts als eine Kunstwelt sei und Sasi eine Kunstfigur, die mit der echten Saskia nichts zu tun habe. Ihre Privatsphäre bliebe davon unberührt. Doch Kata bekam ja hautnah mit, wie sehr die Internetpräsenz das Leben ihrer Schwester regierte, und nahm ihr deshalb die Trennung zwischen einer Kunst-Sasi und der echten Saskia nicht ab.

»Okay, aber versau es nicht. Ich hab nicht ewig Zeit.«

Kata schluckte den zynischen Spruch, der ihr schon auf der Zunge lag, im letzten Moment hinunter. Als ihre Schwester ihr mit einem leichten Kopfnicken zu verstehen gab, dass sie filmen sollte, kam sie der Aufforderung zähneknirschend nach.

»Hallihallo, ihr Lieben. Ich weiß, ich weiß, ihr wartet sehnsüchtig auf das neue Trainingsvideo von mir und meiner fantastischen En Vogue, das ich euch für heute versprochen habe, und ich kann euch verraten, zu Recht. Es ist einfach so unfassbar, wie locker und schwungvoll meine junge Escolar Stute unter dem neuen *Xenum Sattel* läuft. Aber dazu morgen dann mehr – EHRENWORT!« Sie zwinkerte in die Kamera und warf dabei gekonnt ihr glänzendes, superglattes Haar über die linke Schulter zurück. Doch im nächsten Moment verdunkelte sich ihr Gesicht. »Apropos Sattel und der eigentliche Grund dafür, warum ihr an dieser Stelle heute nicht das versprochene Trainingsvideo vorfindet. Ich möchte euch stattdessen eindringlich warnen. Bei uns auf dem Gestüt wurde nämlich vergangene Nacht eingebrochen und es wurden schätzungsweise dreißig wirklich sehr hochwertige Sättel entwendet.« Erneut legte Saskia eine kunstvolle Pause ein, in der sie mit besorgter Miene tief einatmete, bevor sie eine Oktave tiefer als gewöhnlich fortfuhr. »Falls jetzt der eine oder andere von euch denkt, hm, unsere Sattelkammer, unser Stall, unser Hof sind so gut gesichert, daran beißen sich solche miesen Halunken die Zähne aus, so muss ich euch klipp und klar sagen, das haben wir hier auf dem Gestüt auch immer gedacht. Nicht, weil wir uns damit selbst beruhigen wollten, sondern weil das gesamte Gestüt wirklich absolut einbruchsicher ist.« Wieder eine Pause, in der Saskia abermals tief durchatmete. »Und nun der Supergau: Es ist tatsächlich irgendwelchen Kriminellen gelungen, bei uns einzudringen und teure Sättel zu entwenden. Auch wenn mein Schrank und somit meine Sättel verschont geblieben sind, so fühle ich natürlich mit den anderen Einstellern auf unserem Hof mit und hoffe wirklich sehr, dass die Diebe gefasst werden. Also, ihr Lieben, haltet die Augen und Ohren offen und sichert am besten eure Ställe, Schränke und, und, und … noch mal doppelt und dreifach ab.« Ein kurzes Winken, das typische

Saskia-Lächeln und dann: »Ich verlinke euch unter dem Video die Versicherungsagentur Hansen und Beyer, die euch gerne bei jeder Art von Absicherung rund um das Thema Reitsport behilflich sein wird. Also, schön aufpassen und bis zum nächsten Mal … sagt eure Sasi.«

Das Lächeln erlosch, während sie Kata das Handy abnahm. »Puh, Gott sei Dank ist mir das mit der Versicherungsagentur noch eingefallen. Dann hab ich wenigstens auch noch was davon …«, murmelte sie leise vor sich hin, während sie das Video startete und mit hochgezogenen Augenbrauen begutachtete.

»Boah, Saskia«, motzte Kata sie vorwurfsvoll an. »Musst du eigentlich einfach alles irgendwie vermarkten?«

Saskia beachtete sie gar nicht mehr. Sie war vollauf damit beschäftigt, das Video zu bearbeiten und dann auch prompt hochzuladen. Danach nickte sie ihrer Schwester und den beiden anderen Mädchen zu und rauschte Richtung Reithalle davon.

»Blöde Kuh«, knurrte Kata.

»Ach komm, so schlimm ist sie nun auch wieder nicht«, versuchte Nelly einzulenken. Sie fand Saskias Getue zwar manchmal auch etwas too much, aber insgeheim bewunderte sie Saskia ein wenig. Allein schon wegen ihrer wahnsinnig schönen Stute En Vogue, die auf dem besten Weg war, ein erfolgreiches Nachwuchsdressurpferd zu werden.

Man konnte sich über Saskias Internetgetue aufregen und den Kopf schütteln und auch manchmal wirklich total genervt davon sein, doch eins musste man Saskia lassen, sie war eine hervorragende Reiterin, die mit leichter Hand und sehr einfühlsam ihre beiden Pferde trainierte.

Kapitel 4

»Die Typen mussten sich hier ganz genau ausgekannt haben«, sagte Leo, während er sich auf einen Strohballen sinken ließ. Er zog einen Halm aus dem Bund und drehte ihn zwischen Daumen und Zeigefinger hin und her. »Keinerlei Einbruchspuren an den Türen und Gattern. Lediglich die Spinde wurden mit einer kleinen Bohrmaschine aufgebohrt.«

Kata und Mila saßen mit Leo, dem Sohn von Cliff Barnes und guten Freund der Mädchen, in der Stallgasse. Nelly war kurz zuvor mit dem Rad los, um sich wie geplant mit einigen aus ihrer Klasse am See zu treffen. Erst hatte Kata überlegt, ob sie Nelly nicht begleiten sollten, doch dann hatte Mila ihr leise zugeflüstert, dass Jonas wohl auch dort wäre. Nellys momentaner großer Schwarm.

Außerdem war Leo gerade in dem Moment aufgetaucht und natürlich waren Kata und Mila neugierig, von ihm Näheres über den nächtlichen Satteldiebstahl zu erfahren.

Nun hockten sie also zu dritt in der Stallgasse und zermarterten sich den Kopf darüber, wie es den Einbrechern gelungen war, ohne sichtbare Einbruchspuren erst auf den Hof, dann in die Stallungen zu gelangen.

»Das bedeutet dann wohl, dass sie einen Schlüssel gehabt haben«, sprach Mila ihre Gedanken laut aus. »Nur ... hm ... woher?«

Leo kratzte sich am Hinterkopf. Das tat er meistens, wenn er angestrengt über etwas nachdachte. »Nachdem Ansgar entlassen wurde, haben die Casparons sämtliche Schlösser ausgetauscht. Sogar eine Alarmanlage haben die Casparons einbauen lassen, weil sie Ansgar nicht wirklich über den Weg trauen. Den Code für die Alarmanlage und einen Generalschlüssel besitzen nun nur noch die Casparons, Karl und natürlich mein Vater. Die Alarmanlage war auch scharf. Mein Vater ist sich ganz sicher, dass er gestern Abend mit eigenen Augen gesehen hat, wie Karl sie eingeschaltet hat.«

»Dann muss es jemand sein, der sich hier auf dem Hof bestens auskennt ...«, ahnte Kata.

»Und der Zugriff auf den Generalschlüssel hat und den Code für die Alarmanlage kennt«, fuhr Mila fort.

»Das sind aber nur diejenigen, die ich gerade genannt habe.« Leo stockte, sah von Mila zu Kata und wieder zurück und erklärte dann mit fester Stimme: »Für meinen Vater lege ich die Hand ins Feuer … für Karl auch.«

Mila nickte. »Karl … niemals wäre der zu so etwas fähig.«

»Tja, und die Casparons werden wohl kaum in ihr eigenes Gestüt einbrechen«, kombinierte Kata. »Zumal es nicht ihre Sättel waren. Das Ganze würde ja nur einen Sinn machen, wenn zum Beispiel dreißig sündhaft teure Sättel aus dem Besitz der Casparons gestohlen worden wären, die dazu noch hoch versichert sind.«

Leo schüttelte den Kopf. »Klingt so schon völlig absurd und wird es noch mehr, wenn man weiß, dass es viele auf dem Hof getroffen hat, die überhaupt keine Versicherung haben.«

Mila schüttelte so heftig den Kopf, dass ihre langen Locken nur so durch die Luft flogen. »Blödsinn. Keiner von denen kommt infrage. Auf gar keinen Fall.«

Leo sah sie an und Kata fiel mal wieder auf, dass er sie einen Tick zu lange musterte. Zu intensiv … vielleicht sogar ein wenig schwärmerisch? Ein kleiner, feiner Stich traf sie mitten ins Herz. Das mit den Gefühlen war aber auch echt zu dumm. Sie hatte sich Leo längst aus dem Kopf geschlagen und verliebt war sie schon eine halbe Ewigkeit nicht mehr in ihn. Und dennoch zog sich ihr Magen immer ganz komisch zusammen, wenn er auftauchte, und ihr Pulsschlag beschleunigte sich, sobald sie ihn lächeln sah.

»Weißt du denn, ob auf den Videoaufzeichnungen etwas zu sehen war?«, wollte Mila von Leo erfahren.

Leo schüttelte den Kopf. »Absolute Fehlanzeige. Nur schwarzes Rauschen. Die Typen haben echt an alles gedacht … Was uns wieder auf den Punkt zurückkommen lässt, dass die Einbrecher sich hier bestens auskannten.«

Einen Augenblick lang herrschte bis auf die Geräusche, die die Pferde in den Boxen verursachten, Stille in der Stallgasse.

Schließlich räusperte sich Leo und murmelte: »Dann kann es nur jemand von den Einstellern sein …«

Kata schluckte schwer. »Wahnsinn, ich meine, wer macht denn so was …?«

Leo und Mila zuckten synchron mit den Schultern.

Kurz darauf musste Mila dann ebenfalls aufbrechen. »Wir schreiben morgen Englisch und ich hab noch keine Sekunde dafür gelernt.«

Sie verabschiedete sich mit einem Beste-Freundinnen-Küsschen von Kata und einer flüchtigen Umarmung von Leo.

Dann war sie weg und Kata plötzlich ganz verlegen, so alleine mit Leo in der Stallgasse – na ja, alleine traf es nicht so richtig. Schließlich standen zwanzig Pferde in ihren Boxen und fraßen ihr Abendheu.

»Wie ist es eigentlich jetzt mit Rashun? Macht er Fortschritte?«, fragte Kata eine Spur zu hektisch. Kata bemerkte es selbst, was dazu führte, dass ihr prompt die Röte ins Gesicht stieg.

Verlegen starrte Kata auf die Spitzen ihrer schwarz glänzenden Reitstiefel.

Leo legte ihr die Hand auf den Unterarm. »Alles okay mit dir, Kata?«

Na toll. Jetzt begann sie noch mehr zu glühen. »Kata? Geht es dir nicht gut?«

Er schien ernsthaft besorgt um sie zu sein. Was Kata irgendwie freute, aber auch unfassbar peinlich war.

»Die Hitze und dann die Aufregung heute und Fly ist momentan auch nur schwer zu bändigen und …« Ratlos hob Kata die Schultern. »Einfach alles …«

Leo nickte und zog zu Katas Erleichterung seine Hand zurück. Es kam ihr so vor, als stünde dort, wo er sie berührt hatte, die Haut in Flammen.

Verdammt, schoss es ihr durch den Kopf. Nichts ist vorbei. Absolut gar nichts. Ich bin immer noch in Leo verknallt. Sogar noch schlimmer als jemals zuvor.

»Magst du mit rüber aufs Filmgelände kommen? Ich muss die Pendelboxen und das kleine Stallzelt abbauen. Momentan ist ja drüben nichts mit Pferden geplant. Mein Vater braucht die Boxen aber für einen

Außendreh. Wenn du Zeit und Lust hast, nehmen wir dich mit.«

»Okay«, murmelte Kata und schaffte es noch immer nicht, Leo dabei ins Gesicht zu blicken.

»Was okay? Kommst du jetzt gleich mit rüber oder möchtest du nur mit zum Außendreh?« Leo knuffte ihr freundschaftlich gegen den Oberarm. »Hey, Kata, was ist denn los mit dir?«

»Beides«, beeilte sie sich zu sagen. »Ich kann dir jetzt helfen und ja, ich möchte gerne mit.«

Als die beiden kurze Zeit später das Gelände der DreamLand-FilmStudios betraten, kamen ihnen drei junge Männer entgegen. Sie grüßten flüchtig und hatten es dann eilig weiterzukommen.

»Wer war denn das?«, fragte Kata Leo, während sie den drei Männern verstohlen hinterherschaute. »Die hatten es ja ziemlich eilig.«

»Irgendwelche Komparsen«, meinte Leo.

»Du siehst sie heute also auch das erste Mal?«, vermutete Kata.

Doch Leo schüttelte den Kopf. »Nö, die sind öfters hier. Quasi so etwas wie Profi-Komparsen.«

»Ach so«, murmelte Kata fast ein wenig enttäuscht. Es klang zwar verrückt, aber irgendwie waren ihr die drei verdächtig vorgekommen und sie hatte tatsächlich überlegt, ob sie etwas mit dem Einbruch drüben auf dem Gestüt zu tun haben könnten.

»Kata, hey, jetzt fang bloß nicht an, überall Gespenster zu sehen. Mein Vater ist sich ziemlich sicher, dass hinter dem Einbruch auf dem Gestüt irgendeine organisierte Bande steckt. Die ziehen einmal quer durchs Land und klauen überall die Sattelschränke leer. Demnächst kannst du dann im Internet teure Markensättel für schmales Geld ersteigern.«

Unschlüssig hob Kata die Schultern. »Aber du hast doch vorhin auch gemeint, dass sich die Einbrecher auf dem Gestüt ausgekannt haben müssen.«

»Das glaube ich auch noch immer. Die spionieren den jeweiligen Stall ein paar Tage vorher unauffällig aus und dann schlagen sie ruckzuck zu.«

Doch Kata war noch immer skeptisch. »Und dass Ansgar dahintersteckt … quasi aus Rache …?«

Leo schüttelte den Kopf. »Das glaube ich erst recht nicht. Der ist doch längst irgendwo im Ausland. Hier kriegt er nach dem Skandal keinen Fuß mehr auf den Boden und erst recht keinen Job. Herr Casparon hat neulich gemeint, er hätte eine Anfrage aus Spanien von einem Gutshofbesitzer erhalten, bei dem Ansgar sich als Gestütsleiter beworben hat.«

»Was? Ich fasse es nicht. Wie dreist ist der denn?«

Leo lachte kurz auf. »Das hat Herr Casparon auch gemeint und dem netten Spanier erst einmal brühwarm erzählt, was Ansgar von Bettner hier so alles abgezogen hat. Später hat mein Vater dann wiederum über vier Ecken erfahren, dass Ansgar irgendwo in der spanischen Einöde als Verwalter in einem kleinen Rennstall arbeitet.«

Kata seufzte tief. »Es gibt einfach so Typen, die fallen immer wieder auf die Füße …«

Leo nickte. »Ja, leider ist das wohl so.«

Die beiden machten sich mit vereinten Kräften daran, erst das kleine Stallzelt abzubauen und dann die Pendelboxen. Als sie damit fertig waren, dämmerte es bereits. Das weitläufige Gelände der DreamLand-FilmStudios mit den unterschiedlichsten Gebäuden, der Westernstraße und dem Studio, in dem eine bekannte Kinderserie produziert wurde, kam Kata fast ein wenig unheimlich vor. Am liebsten hätte sie nach Leos Hand gegriffen. Doch dann ginge das mit dem Herzrasen und der in Flammen stehenden Haut wieder los und das wollte Kata unbedingt vermeiden. Leo und sie waren Freunde. Gute Freunde. Nicht mehr und nicht weniger.

Schluss! Aus! Und Ende!

Kapitel 5

Am nächsten Tag hatte Kata nur drei Schulstunden und fuhr danach direkt in den Stall. Auf dem Vorhof traf sie auf Cliff Barnes, der gerade einen bildschönen Rappen rüber zur Halle führte.

»Hey, Kata, was machst du denn schon so früh hier? Hast du keine Schule?«, wunderte er sich.

»Eigentlich wäre ich diese Woche auf Klassenfahrt. Aber das Landschulheim wurde spontan dichtgemacht und nun kriegen die das irgendwie mit dem normalen Unterricht nicht so schnell organisiert. Kein Plan warum, aber mir ist es natürlich absolut recht.« Kata grinste.

»Okay«, sagte Cliff gedehnt und schien über irgendetwas nachzudenken. Schließlich fragte er: »Und was hast du jetzt vor?«

Kata hob die Schultern. »Na ja, ich dachte, ich gehe mit Fly ein bisschen auf den Springplatz und mache mit ihm Stangentraining. Gestern Abend habe ich mir so ein Motivations-Trainingsvideo von Ingrid Klimke im Internet angeguckt und will das jetzt gleich mal ausprobieren. Fly braucht unbedingt etwas Abwechslung.«

Cliff Barnes nickte. »Ja, die Klimke hat's auf jeden Fall drauf. Ihre Pferde werden sehr vielseitig trainiert, immer darauf bedacht, dass sie nicht den Spaß an der Arbeit verlieren. Aber mit Frank Thiessen hast du doch auf jeden Fall einen Springtrainer, der genau auf so ein Training setzt.« Er klopfte dem Rappen den Hals. »Salvatore ist auch so ein Kandidat, der ganz viel Abwechslung im Training braucht, damit er gut mitmacht.«

»Er ist wunderschön«, schwärmte Kata.

Cliff Barnes nickte. »Ja, das ist er. Kannst du das Stangentraining mit Fly vielleicht etwas nach hinten verschieben?«

Verwundert zog Kata die Augenbrauen hoch. Der Platz war riesig. Es war kein Problem, mehrere Pferde gleichzeitig dort zu trainieren. Aber vielleicht war Salvatore ja extrem schreckhaft und Cliff wollte ganz in Ruhe mit ihm arbeiten. Der schöne Rappe war noch nicht allzu lange auf dem Gestüt und Kata hatte ihn bisher noch nicht unterm Sattel gesehen.

Tja, vormittags ging das Training der Filmpferde vor – das war ein ungeschriebenes Gesetz auf dem Gestüt Casparon.

»Wenn du mit Salvatore auf den Springplatz möchtest, dann gehe ich in die Halle. Kein Problem. Fly wird zwar wenig begeistert sein, wenn heute noch mal Dressur angesagt ist, aber ehrlicherweise ist das vielleicht gar nicht mal so schlecht. Gestern nach dem Ausritt war er zwar wesentlich entspannter, aber so richtig locker ist er bei den Lektionen nicht gewesen.«

Doch Cliff Barnes winkte ab. »Nein, nein, das mit dem Springplatz wäre absolut kein Problem. Ich wollte dich um etwas anderes bitten.«

»Und das wäre?«

»Salvatore hat morgen seinen ersten Drehtag für eine ziemlich große Kinoproduktion. Eigentlich war eine Szene mit ihm auf der Weide geplant. Nun bekomme ich gestern Abend noch spät einen Anruf vom Regisseur, dass sie gerne mit einer anderen Szene beginnen möchten, und in der muss Salvatore ein gelangweiltes Schulpferd mimen.«

»Gelangweiltes Schulpferd?« Kata fragte sich insgeheim, wie man einem Pferd beibringen konnte, mal eben in so eine Rolle zu schlüpfen.

Cliff nickte. »Es geht eigentlich nur darum, dass er in der Abteilung laufen soll und an einer gewissen

Stelle dann von gelangweilt auf wild und bockig umstellt. Wir haben das schon einige Male mit ihm trainiert, aber jetzt aktuell eben nicht mehr. Die Situation ist eine Schlüsselszene im Film, denn nachdem er sich im Unterricht so wild aufführt, wird er verkauft und gerät in schlechte Hände und … na ja, ich will dir jetzt nicht das ganze Drehbuch runterleiern, eigentlich möchte ich dich nur bitten, dass du ihn mit mir noch mal zur Probe reitest.«

Für einen Moment blieb Kata die Luft weg. »Ich?«, japste sie.

Cliff nickte.

»Jetzt?«

»Wenn du es einrichten kannst, Kata, wäre das super. Leo hat heute lange Schule und Sina, die ihn als Stuntfrau im Film reitet, ist an einem anderen Set im Einsatz. Wie gesagt, der Anruf kam erst gestern Abend und ich konnte so schnell nichts für heute Morgen organisieren. Zur Not hätte ich ihn jetzt selbst geritten, aber von unten kann ich natürlich ganz anders beobachten, wie er sich gibt.« Er machte eine kleine Pause, rieb sich das Kinn und fügte schließlich mit ernster Miene hinzu: »Und wegen des Einbruchs bin ich momentan natürlich zeitlich auch ziemlich eingeschränkt.«

»Hat sich da noch irgendetwas ergeben?«, fragte Kata.

Cliff Barnes verneinte. »Absolut keine heiße Spur. Die Polizei geht von einer organisierten Bande aus und hat uns wenig Mut gemacht, dass man die Kerle zu fassen kriegt. Das mit den fehlenden Einbruchspuren können sie sich allerdings absolut nicht erklären. Passt eigentlich nicht zu dem sonstigen Vorgehen von Banden.«

Kata nickte. »Ja, Leo meinte gestern Abend schon so etwas in der Art.« Sie betrachtete Salvatore, in dessen lackschwarzem Fell man sich beinahe spiegeln konnte.

»Ich mach's«, sagte sie entschlossen. »Aber du darfst mich nicht anmotzen, wenn nicht gleich alles so hinhaut, wie du dir das vorstellst.«

Cliff Barnes lachte. »Ich bin mir sicher, das wird nicht der Fall sein.«

Zehn Minuten später hatte Kata sich umgezogen und betrat die Reithalle. Auf der Mittellinie stand Cliff Barnes mit Salvatore und verschnallte den Ausbinder.

»Ich muss ihn mit Ausbinder reiten?« Kata konnte sich nicht entsinnen, wann sie das letzte Mal mit so einer Art von Hilfszügeln geritten war. Wahrscheinlich als Siebenjährige auf ihrem damaligen Pony Nemo, das nur zu gerne plötzlich den Kopf hochgerissen hatte und dann losgestürmt war. Ja, damals hatte ihre Mutter darauf bestanden, dass das unberechenbare

Pony ausgebunden wird. Wobei ... vom Losstürmen hatte der Ausbinder Nemo nie abgehalten. Nur, dass er dabei dann eben den Kopf unten behalten musste.

»Es ist eine Anfängerreitstunde und in der muss er mit Ausbindern laufen. Diese Ausbinder hier sind natürlich keine echten. Oder anders, sie sind absichtlich manipuliert. Mir ist es wichtig, dass du eine Anfängerreitstunde mimst. Auf ein gewisses Zeichen von mir, das Salvatore schon gut draufhat, wird er dann plötzlich wild. Im Film sieht das am Ende dann so aus, als würde er mit aller Kraft den Ausbinder zerreißen und dann gefährlich losbocken. Die Reiterin fällt in hohem Bogen vom Pferd, während Salvatore wie ein Gestörter durch die Halle rennt und buckelt.«

»Ich muss von ihm runterfallen?« Nun bekam Kata doch langsam ein ungutes Gefühl.

Doch Cliff Barnes winkte ab. »Nein, natürlich nicht. Um Himmels willen, Kata, meinst du etwa, ich würde riskieren, dass du dich verletzt?«

Kata zuckte mit den Achseln. Leo hatte schon einige Male buchstäblich im Dreck gelegen – und zwar absolut geplant. Allerdings strebte Leo nach der Schule auch eine Laufbahn als Stuntman an und arbeitete schon seit frühester Kindheit als junger Amateur-Stuntman bei und mit seinem Vater, der nicht nur die Filmpferde trainierte, sondern selbst ein berühmter Stuntman war.

Tja, Leo wusste, wie man vom Pferd fiel, ohne sich dabei wehzutun oder sogar ernsthaft zu verletzen. Kata war zwar auch schon öfters von einem Pferderücken gesegelt, ganz besonders von ihrem Pony Nemo, doch bestimmt niemals mit Absicht.

»Es geht mir nur um die Szene, in der er erst gelangweilt, ja, fast schon resignierend dahinläuft und dann plötzlich den Ausbinder zerreißt und wie auf Knopfdruck umstellt. Das mit dem Buckeln proben wir beide natürlich nicht.« Cliff lächelte Kata aufmunternd an und die kam sich plötzlich ziemlich albern vor, weil sie angenommen hatte, er würde sie absichtlich in Gefahr bringen.

Und selbst wenn Salvatore buckelte, sie war von Fly in letzter Zeit auch so einiges gewohnt und würde unter Garantie nicht gleich runterfliegen.

Kata klopfte Salvatore den Hals. »Wir kriegen das schon hin, du Schöner, nicht wahr?!« Dann brachte sie den Aufstiegshocker neben den Rappen, stellte den Fuß in den Steigbügel und schwang sich behutsam in seinen Sattel.

Zuerst ging alles ganz reibungslos. Salvatore war wirklich erstklassig ausgebildet. Er reagierte auf die kleinsten Hilfen. Cliff stand in der Mitte der Halle und gab Anweisungen, als wäre dies eine echte Anfängerreitstunde. Antraben, leichttraben, durch die ganze Bahn wechseln. Absatz tief, Bein lang, Hände stillhalten, Zügel etwas kürzer fassen, gerade sitzen, nicht nach unten gucken, falscher Fuß, auf dem Zirkel geritten, aus dem Zirkel wechseln, Hände aufrecht, nicht die Knie hochziehen, ganze Bahn, durch die Länge der Bahn wechseln. Fuß wechseln nicht vergessen!

Nach einer Weile, in der Salvatore wie ein dreißigjähriges, total resigniertes Schulpferd dahingetrottet war, kündigte Cliff den Cut an.

»Ich gebe Salvatore jetzt gleich das Signal und dann sollte er hoffentlich auch darauf reagieren. Wenn das geklappt hat, Kata, sind wir auch schon fertig mit der Generalprobe.«

»Okay«, murmelte Kata – schon ein wenig enttäuscht. Bisher war das Filmpferd, wie gewünscht, lahm und ohne Ausdruck dahingetrottet. Kata hätte ihn gerne mal erlebt, wenn er *richtig* lief. Salvatore machte auf sie den Eindruck, als könnte er das nämlich ganz gewaltig.

»Kata, ich möchte nichts riskieren. Also jetzt mach bitte nicht so ein enttäuschtes Gesicht.«

»Mache ich doch gar nicht«, behauptete Kata. Mist, sah man ihr ihre Enttäuschung etwa so deutlich an?

»Wenn das gleich beim ersten Versuch gut hinhaut, dann kannst du ihn anschließend gerne noch ein bisschen *richtig* reiten. Also natürlich nur, wenn du Lust hast.«

»Echt?« Kata strahlte begeistert. »Und wie ich Lust habe!«

Cliff nickte, bat sie dann aber, sich jetzt wieder zu konzentrieren und die unerfahrene Reitanfängerin zu mimen.

»Normalerweise ist es ein absolutes No-Go, mit einem Laien so eine Szene zu trainieren. Aber die Not macht erfinderisch und du bist eine der stärksten Reiterinnen hier auf dem Gestüt ... ach was, du bist die stärkste Reiterin!«

Cliff Barnes' Lob ging runter wie Öl und ließ Kata noch breiter grinsen, aber auch ein wenig erröten.

»Das Risiko muss ich dennoch so gering wie möglich halten. Also, Kata, bist du bereit?«

Kata nickte. »Schon längst«, erklärte sie lässig, presste aber instinktiv ihre Knie ein wenig fester an das Sattelblatt.

»Noch mal antraben, Kata, leichttraben und an der nächsten langen Seite eine einfache Schlangenlinie reiten«, forderte Cliff sie auf.

Kata folgte seiner Anweisung und lenkte den Rappen auf die Schlangenlinie – da passierte es. Es war ein ganz leises Pfeifen, für Kata kaum zu hören, doch Salvatore spitzte die Ohren. Im nächsten Moment ging sein Kopf hoch, so ruckartig, als wollte er steigen. Die Ausbindezügel zerrissen und Salvatore trabte mit aufgewölbtem Hals und wesentlich mehr Schwung weiter.

»Wow«, freute Kata sich. »Wie er traben kann.«

Cliff war auch äußerst zufrieden mit seinem Filmpferd und der Aushilfsstuntfrau Kata. Er lächelte und rief: »Super Job, Kata, du hast echt Talent. Hast ihn einfach machen lassen und bist voller Vertrauen gewesen.«

Kata parierte Salvatore zum Schritt durch und wandte sich an Cliff. Natürlich freute sie sich über sein Lob, aber im Grunde genommen war es nicht wirklich angebracht.

»Ehrlich gesagt habe ich nicht wirklich etwas gemacht. Ich meine, Salvatore hat auf dein leises Pfeifen hin reagiert. Ich war lediglich die Beifahrerin.«

»Tja, Kata, und genau das ist die Kunst daran.«

»Echt?«

Cliff nickte. »Du hast das Vertrauen in das Pferd gehabt und dich selbst zurückgestellt. Du hast ihn die Hauptfigur sein lassen. Das ist tatsächlich eine Kunst.«

»Hm …«, Kata war noch immer nicht wirklich überzeugt. »Er hat ja nicht einmal gebuckelt. Du hast doch gemeint, dass er im Film nach dem Zerreißen der Ausbinder total ausflippt. Aber davon war ja jetzt nicht wirklich etwas zu sehen.«

Cliff nickte. »Darum ging es mir heute, Kata, ich wollte testen, ob er tatsächlich schon so weit ist, dass er ausschließlich auf die richtigen Zeichen von mir reagiert. Die nächste Aktion, also das wilde Buckeln und Losstürmen, dann die Stuntfrau abwerfen, erfolgt nach einem weiteren Pfeifton, einem lang gezogenen und etwas lauteren.«

»Wow«, machte Kata erneut. »Vielleicht sollte ich Fly auch mal mit so einer Pfeife trainieren. Buckeln verboten und im Parcours durchgehen erst recht.« Kata lachte.

»Keine schlechte Idee«, meinte Cliff und zwinkerte ihr zu.

Kapitel 6

Kata ritt den Rappen noch eine knappe halbe Stunde und fühlte sich dabei wie auf Wolke sieben. Das Pferd konnte sich wirklich grandios bewegen: ganz leicht und doch mit unfassbarem Schwung. Salvatore war die ganze Zeit über total aufmerksam und stand so sensibel an den Hilfen, dass Kata sich fast ein wenig schämte, wie schlecht sie Fly anscheinend ritt. Immer wieder machte der plötzlich komplett dicht und wurde dann total stumpf.

Cliff war leider schon wieder aus der Halle verschwunden. Die Polizei hatte sich kurzfristig noch einmal angekündigt und er musste sich um alles kümmern.

Sonst hätte sie ihn zu gerne gefragt, wie er seine Pferde so aufmerksam und arbeitsbegeistert bekam.

Was war sein Geheimnis? Vielleicht konnte sie Leo später ausquetschen.

Hm … Leo, der Gedanke an ihn ließ Katas Herz gleich wieder aufgeregt bummern.

Blödes Herz. Will einfach nicht kapieren, dass Leo unerreichbar ist, dachte sie ärgerlich.

»Kata, wow, was ist das denn für ein Traumpferd?« Plötzlich war Mila an der Bande aufgetaucht und strahlte Kata begeistert an. Ihre wilden Locken hatte sie zu einem lässigen Dutt zusammengefasst, was ihr Gesicht noch schmaler und ihre grünen Augen noch interessanter erscheinen ließ.

Verdammt, schoss es Kata durch den Kopf, ich kann Leo gut verstehen, dass er sich in Mila verliebt hat. Sie ist so eine Naturschönheit … wie aus einem norwegischen Elfenmärchen entsprungen.

»Kata? Hey, warum starrst du mich so an?« Mila winkte ihr zu, als wollte sie sie aus einer tiefen Trance zurückholen.

Tatsächlich musste Kata sich ein kleines bisschen schütteln, bevor sie antworten konnte.

»Ich … ähm, ich war eben nur so auf das Pferd konzentriert. Sorry, Mila. Das ist Salvatore. Cliff hat mir erlaubt, ihn ein bisschen zu reiten«, gab Kata zurück.

»Du Glückspilz«, beneidete Mila sie. »Was machst du eigentlich schon hier? Hattest du keine Schule?«

»Nur drei Stunden. Und du? Warum bist du schon so früh hier?«

Mila rieb sich ihre Stupsnase und grinste etwas verlegen. »Na ja, wir dachten, um die frühe Mittagszeit ist hier heute noch nicht so viel los und wir hätten unsere Ruhe. Ich … ich habe die letzten beiden Stunden abgeklemmt.«

»Wir?«, fragte Kata. »Wer denn noch? Ist Nelly auch da?«

Mila schüttelte den Kopf. »Nö, Leo, nicht Nelly.«

Verdammt, es war wie eine Eisenhand, die sich um Katas Herz legte und ganz fest zudrückte. Sie trabte Salvatore an und schickte ihn ordentlich vorwärts. Erst einmal wieder fangen, erst einmal wieder dieses dumme, dumme Herz in den Griff kriegen.

Eine Weile lang ritt Kata äußerlich hoch konzentriert weiter und Mila stand ahnungslos an der Bande und sah ihr begeistert dabei zu.

»Kata, du bist so eine megagute Reiterin, ich bewundere dich wirklich«, sagte sie, als Kata schließlich Salvatores Zügel lang und ihn sich im Schritt ganz tief strecken ließ. »Ich könnte dir noch eine halbe Ewigkeit zugucken. Aber jetzt muss ich erst mal zu Leo. Er hat mich gefragt, ob ich ihm beim Anreiten von Rashun behilflich sein könnte.« Mila legte eine kurze Pause ein, nicht, um anzugeben. Nein, so war Mila nicht. Leider, dachte Kata, leider war sie supernett und eine richtig gute Freundin. Kata konnte sie einfach nicht hassen, weil Leo sich in sie verliebt hatte.

Mist, Mila knalldoof zu finden, hätte es bestimmt wesentlich leichter für Kata gemacht.

»Leo will sich heute das erste Mal auf Rashun setzen … Wow, das ist so megaspannend. Ich habe die ganze Nacht kein Auge zubekommen. Allerdings auch, weil ich ständig an diese miesen Kerle denken musste, die hier auf dem Gestüt eingebrochen sind.«

Kata parierte Salvatore durch und saß ab. Sie wollte sich ihre Gefühle für Leo nicht anmerken lassen, dennoch konnte sie es nicht verhindern, dass ihre Stimme verletzend klang, als sie Mila fragte: »Leo will Rashun heute anreiten und *du* sollst ihm dabei helfen? Ausgerechnet du, die von uns allen am wenigsten Erfahrung mit jungen Pferden hat?«

Mila wurde knallrot und zog die Nase kraus.

»Na ja, ich habe ihm halt öfters bei der Freiheitsdressur geholfen und Rashun kennt mich … er vertraut mir …«, verteidigte Mila sich unsicher.

Schlagartig kam Kata sich schlecht vor. Wie konnte sie Mila nur so etwas Gemeines an den Kopf werfen? Das war echt das Allerletzte.

»Sorry, Mila, ich hab's nicht so gemeint. Es ist wegen dieser Einbruchgeschichte. Das Ganze schwirrt mir unentwegt durch den Kopf …«, behauptete sie.

»Ja, das verstehe ich«, meinte Mila nickend. Doch

sie machte auf Kata einen ziemlich gekränkten Eindruck.

Als sie sich kurz darauf verabschiedete, blickte Kata ihr einen Augenblick mit gemischten Gefühlen hinterher. Es tat ihr schrecklich leid, dass sie eben so gemein zu Mila gewesen war – und gleichzeitig fand sie den Gedanken richtig schlimm, dass Leo sie um Hilfe gebeten hatte. Sie konnte einfach nicht aus ihrer Haut und das ärgerte Kata schrecklich.

Kata lenkte Salvatore aus der Reithalle, vorbei an dem Hauptstall und den zwei Nebentrakten, die sich hufförmig anschlossen. Sie nahm ihm Sattel und Trense ab und wartete, bis er sich ausgiebig den verschwitzten Kopf erst an ihrem Oberarm, dann an seinem Vorderbein gerieben hatte, bevor sie ihm sein Halfter anlegte, das Cliff vorhin noch extra dort für sie hingehängt hatte.

»Bist du so lieb und kümmerst dich nach dem Reiten alleine um ihn?«, hatte er Kata gefragt. »Ich weiß nicht, wie lange das mit der Polizei dauert und ob ich rechtzeitig wieder in der Halle sein kann, um ihn dir abzunehmen.«

Für Kata war das eine Selbstverständlichkeit. Wer ein Pferd reiten durfte, der hatte sich gefälligst auch vorher und erst recht hinterher gewissenhaft um das Tier zu kümmern.

Behutsam führte sie Salvatore in den Waschständer und band ihn an. Sie nahm den Wasserschlauch und spritzte Salvatores Beine ab, dann auch den Hals und die Flanken. Der Rappe ließ alles artig über sich ergehen, genoss die Erfrischung sichtbar. Nachdem sie ihn mit dem Schweißmesser abgezogen hatte, führte sie ihn zum rechten Nebenstalltrakt, wo die Filmpferde im hinteren Bereich untergebracht waren. Die anderen Pferde streckten ihre Köpfe zur Stallgasse hinaus und wieherten ein Willkommen. Außer Rashun. Seine Box war leer – logisch, er war ja auch mit Leo und Mila rüber in die Halle gegangen, wo er heute das erste Mal geritten werden sollte.

Seufzend öffnete Kata die Boxentür und ließ Salvatore hineingehen. Es war eine wirklich schöne und vor allem geräumige Box, mit einem Fenster nach draußen und einem auf die breite Stallgasse – allerdings keine Paddockbox, so wie Fly sie hatte.

Bevor sie ihm das Halfter abstreifte, klopfte sie ihm zärtlich den Hals. »Danke, du Schöner, für den tollen Ritt. Ich drücke dir für morgen ganz doll die Daumen. Bestimmt bist du vom ersten Moment an der Star am Set. Mich hast du auf jeden Fall schon mal zum Fan.«

Dann schloss sie die Boxentür, hängte das Halfter an den dafür vorgesehenen Haken und verließ den Stall.

Einen kurzen Moment überlegte Kata, ob sie nicht einfach rüber zur Reithalle gehen sollte, sich, wie es

Mila vorhin gemacht hatte, an die Bande stellen und den beiden beim Anreiten von Rashun zusehen.

Warum eigentlich nicht? Schließlich waren sie Freunde. Okay, Leo war für Kata mehr als nur ein Freund, aber davon ahnten weder er noch Mila etwas. Nelly, ja, Nelly wusste ein bisschen was. Zumindest von damals, als Kata schon mal für Leo geschwärmt hatte. Eigentlich hatte sie gedacht, das wäre längst vorbei. Doch seitdem sie gesehen hatte, wie Leo Mila ansah, so begeistert, so … so verliebt, waren die alten Gefühle plötzlich wieder in ihr aufgekeimt. Davon ahnte auch Nelly aktuell nichts und Kata wollte unbedingt, dass es so blieb.

Es war einfach ätzend, unglücklich verliebt zu sein und dann auch noch von der besten Freundin deshalb bemitleidet zu werden, fand Kata.

»Okay«, machte Kata sich Mut. »Dann schau ich jetzt einfach mal in der Halle vorbei. Warum auch nicht …«

Doch in der Reithalle war keine Spur von Leo, Mila und Rashun zu entdecken. Komisch, wunderte Kata sich, draußen auf einem der Reitplätze oder sogar der Springplatz war bestimmt nicht der geeignete Ort, um ein Pferd anzureiten.

Doch im nächsten Moment fiel ihr ein, wo die drei hingegangen waren. Klar doch. Warum war sie nicht gleich darauf gekommen?!

Kapitel 7

Drüben auf dem Gelände der DreamLand-FilmStudios befand sich eine kleine Reithalle, in der Leo, zunächst heimlich und nachdem Ansgar von Bettner endlich aufgeflogen und kurz darauf entlassen worden war, offiziell mit Rashun trainiert hatte. Absolut logisch, dass er diesen Ort nun auch nutzte, um Rashun anzureiten. Die Halle war wesentlich kleiner als die auf dem Gestüt und Rashun sehr vertraut.

Entschlossen machte Kata sich auf den Weg. Doch als sie schließlich den Haupteingang der FilmStudios erreicht hatte, wurde sie plötzlich unsicher. War das wirklich eine gute Idee, einfach hier aufzutauchen? Sah das nicht wie hinterherspionieren aus?

»Du machst dich lächerlich, Kata«, sagte sie zu sich selbst und wandte sich entschlossen zum Gehen um.

Doch diese verdammte Neugierde brannte in ihr wie heiße Kohlen. Kata kam einfach nicht dagegen an – sie musste wenigstens einen Blick auf Leo und Mila werfen. Nur sehen, wie die beiden miteinander umgingen. Ob es tatsächlich so war, dass Leo sich in Mila verliebt hatte, oder sie sich vielleicht doch täuschte. Schließlich war Leo alles andere als begeistert von Mila gewesen, als er sie das erste Mal auf dem Gestüt gesehen hatte – damals, als Rashun noch in diesem dunklen Verschlag gestanden hatte und Leo der Einzige gewesen war, der ihn noch nicht aufgegeben hatte.

Kata kam der Hintereingang zu den Filmstudios in den Sinn, durch den sich Leo mit Rashun immer heimlich Zutritt verschafft hatte, um von allen anderen unbemerkt in der kleinen Halle zu trainieren.

Und wenn sie sich nun zur Halle schlich und einen kurzen Blick durch die Hintertür hineinwarf?

Das Ganze war idiotisch und absolut peinlich, wusste Kata selbst und schämte sich dafür. Trotzdem lief sie entschlossen los. Zurück aufs Gestüt, im Laufschritt Richtung Feldmark und Wald wieder runter vom Anwesen, dann den schmalen Weg entlang, der in einem leichten Bogen direkt an die hintere Seite der DreamLand-FilmStudios führte. Der leicht windschiefe Bauzaun war nach wie vor nicht dicht, sodass Kata schnell einen Spalt zwischen zwei Elementen ausmachen konnte, durch den sie sich hindurchzwängte. Noch ein paar Schritte bis zur Halle und dann – dann blieb Kata erschrocken stehen.

Zwei Männer kamen direkt auf sie zu. Allerdings waren sie so in ihr Gespräch vertieft, dass sie nicht nach vorne blickten, wo Kata sich mit einem bühnenreifen Sprung instinktiv in einen Busch rettete. Leider in einen Dornenbusch. Die kleinen, spitzen Teile, mit winzigen Widerhaken versehen, bohrten sich sofort in Katas Kleidung, ihre Hände, verfingen sich in ihren Haaren, sodass sie vor Schmerz hätte aufschreien können.

Doch sie riss sich zusammen, biss sich stattdessen fest auf die Unterlippe und verharrte reglos im Busch. Bloß nicht bewegen, bloß nicht riskieren, dass die fiesen Dornen sich noch tiefer in ihre Klamotten und somit in ihre Haut bohrten. Eigentlich war es kein Problem, dass sie sich hier auf dem Gelände aufhielt. Die Leute von den Filmstudios kannten sie, weil sie schon oft mit Leo hier gewesen war. Doch irgendwie hatte Kata das Gefühl, sich vor den beiden Männern verstecken zu müssen.

»Die Sache ist mir zu heiß geworden. Das mit heute Nacht kannst du vergessen«, grollte der eine Kerl, ein hochgewachsener, hagerer Mann, der ein rot kariertes Hemd und dunkelblaue Jeans trug, den anderen an.

Die beiden Männer waren zwar noch ein paar Schritte entfernt, doch sie sprachen so laut, dass Kata sie aus ihrem Dornenbuschversteck nicht nur sehen, sondern auch sehr gut verstehen konnte.

»Nun krieg dich mal wieder ein«, blaffte der zweite zurück. Seine Stimme klang wie die eines Verbrechers, fand Kata, und irgendwie sah er so auch aus. Okay, bisher hatte sie noch niemals einen Verbrecher gesehen. Zumindest nicht bewusst. Aber die schwarze Lederjacke zur grauen Anzughose, die dunkle Sonnenbrille und das zurückgegelte dunkle Haar des Kerls wirkten alles andere als vertrauenerweckend auf sie.

»Die kommen niemals darauf, uns mit dem Überfall in Verbindung zu bringen.« Er lachte meckernd wie ein hämischer Ziegenbock. »Die sind alle zusammen so was von auf einer falschen Spur. Fast schon sträflich naiv.«

»Trotzdem, ich will nichts riskieren. Hab echt keine Sehnsucht nach dem Knast.«

»Ich hab die Lage gecheckt. Glaub es mir doch. Die Sache ist absolut sicher. Wir wären schön blöd, wenn wir uns das entgehen lassen würden.«

Der Mann im karierten Hemd blieb stehen. Nachdenklich kratzte er sich an seinem schlecht rasierten Kinn, bevor er langsam nickte. »Okay, aber danach tauchen wir erst mal unter.«

Der Anzugkerl nickte. »Logisch, wir verschwinden noch in derselben Nacht.«

Überfall? Knast? Falsche Spur?

Kata wurde ganz heiß vor Schreck. Direkt vor ihr standen die Typen, die für den Einbruch und den Sattelklau auf dem Gestüt verantwortlich waren. Kata war sich absolut sicher: Bei den beiden Kerlen handelte es sich um die Einbrecher. Und wenn sie das gerade richtig verstanden hatte, dann planten sie, heute Nacht erneut zuzuschlagen.

In der kleinen Reithalle war Leo gerade wieder von Rashun abgestiegen. Überglücklich klopfte er ihm den Hals, während Mila mit leicht zittrigen Händen die Longe hielt.

»Wie artig er war«, hauchte Mila begeistert, da wurde hinter ihr die Tür aufgestoßen.

Kata stürmte in die Halle. Sie sah schrecklich aus. Die Haare zerzaust, die beige Reithose und das hellblaue Reitshirt angeschmutzt und über ihrer linken Wange verlief ein langer, blutiger Kratzer. Beide Handrücken waren zerschrammt und ihre Augen so weit aufgerissen, als hätte sie gerade das Grauen in Person gesehen.

»Um Himmels willen, Kata, was ist passiert?«, rief Mila.

Leo ließ Rashun einfach in der Mitte der Bahn stehen und lief Kata entgegen.

»Kata, wer-wer hat dir das angetan?« Seine Stimme war nicht viel mehr als ein heiseres Flüstern.

Kata war völlig perplex. Schließlich hatte sie sich nicht im Spiegel gesehen und ahnte daher auch nicht, wie ramponiert sie aussah.

»Angetan? Ähm … was meinst du damit?«

»Dann bist du vom Pferd gefallen?«, fragte Mila besorgt. »Von Fly … auweia, er war ja gestern im Gelände schon so wild.«

»Was redest du denn da?!« Kata sah sie kopfschüttelnd an. »Ich bin nicht von Fly gefallen, ich habe ihn heute noch nicht einmal geritten. Und *angetan* hat mir ganz bestimmt niemand etwas. Wie kommt ihr bloß darauf?«

Hilflos zuckte Leo mit den Schultern. »Du siehst ziemlich mitgenommen aus.«

Kata blickte an sich herunter. Sah den Schmutz an ihren Klamotten und ihre zerschrammten Hände.

»Ach, das meint ihr«, begriff sie endlich. »Ich habe in einem Dornenbusch gehockt. Deshalb sehe ich so aus.«

»Du hast was?«, fragte Mila mit großen Augen.

»Freiwillig?«, wollte Leo erfahren.

»Nein, natürlich nicht freiwillig.« Kata stöhnte ungeduldig. »Ich habe mich dort vor den beiden Kerlen versteckt, die auf dem Gestüt eingebrochen sind und die Sättel geklaut haben. Heute Nacht wollen sie erneut zuschlagen und sich die restlichen Sättel holen.«

Leo und Mila konnten nur staunend zuhören, als Kata ihnen schilderte, was sie gerade erlebt und gehört hatte.

»Und die beiden Typen sind hier auf dem Gelände einfach so herumspaziert?« Leo war skeptisch.

Kata nickte. »Ja, sie scheinen sich hier bestens auszukennen.«

»Und du hast dich bestimmt nicht verhört?«, wollte nun Mila wissen.

Langsam wurde Kata etwas ärgerlich. Was sollte das denn? Warum glaubten sie ihr nicht?

»Ich habe mich nicht verhört und ich leide auch nicht unter Halluzinationen. Aber was soll's, wenn ihr meint, ich spinne, ich zwinge euch bestimmt nicht, heute Nacht mit mir im Stall auf die Kerle zu warten. Das können Nelly und ich auch ohne euch machen.« Normalerweise war Kata nicht so empfindlich und auch absolut nicht der Typ, der sofort einschnappte. Doch diese dummen und total überflüssigen Gefühle für Leo und diese noch viel dümmere Eifersucht – sie war einfach nicht so richtig sie selbst.

»Du willst was machen?« Leos Stimme überschlug sich fast, so geschockt war er.

»Na ja, wenn ihr mir schon nicht glauben wollt,

dann wird es die Polizei wohl erst recht nicht. Also bleibt mir nichts anderes übrig, als die beiden Kerle auf frischer Tat zu erwischen und dann schnell die Polizei zu verständigen.«

»Das machst du nicht!«, bestimmte Leo.

Kata blickte ihm fest ins Gesicht. »Und warum nicht, Leo? Hast du etwa Angst um mich?« Im nächsten Moment hätte sie sich für diesen doofen Spruch die Zunge abbeißen können.

Kata wandte sich ab, damit Leo nicht sehen konnte, wie ihr das Blut ins Gesicht schoss. »Ich-ich meine nur, wenn du mir nich-nicht glaubst, dann-dann brauchst du ja auch nicht denken, dass etwas passiert oder so …«, stammelte sie verlegen.

»Ich bin auf jeden Fall dabei«, erklärte Mila. »Und natürlich glaube ich dir. Du kannst auf mich zählen.«

Leo schüttelte den Kopf. »Ihr spinnt. Beide«, sagte er und klang nun irgendwie wütend. »Gestern hast du gemeint, drei unschuldige Komparsen könnten die Diebe sein …«

Kata biss sich auf die Unterlippe.

»Aber wenn Kata doch genau gehört hat, dass die beiden Typen heute Nacht erneut zuschlagen wollen«, wandte sich Mila nun an Leo, »das hat sie sich doch nicht eingebildet.«

Wortlos marschierte Leo zu Rashun zurück, der die

ganze Zeit beinahe unbeweglich in der Hallenmitte stehen geblieben war und gewartet hatte. Er klopfte ihm sacht den Hals und führte ihn dann zum Ausgang.

»Leo? Was soll das denn?«, motzte Mila ihn an. »Du kannst doch jetzt nicht einfach abhauen.«

»Du siehst doch, dass ich das kann«, gab er schroff zurück und verließ tatsächlich die Halle.

Mila schaute Kata entgeistert an. »Was war das denn jetzt, bitte schön? Warum ist der denn auf einmal so bescheuert?«

Kata hob die zerschrammten Hände und ließ sie gleich wieder fallen. »Er meint wohl, ich hätte mir das ausgedacht. Weil mir gestern drei Männer aufgefallen sind, die sich irgendwie komisch verhalten haben. Tja, am Ende waren es einfach nur Komparsen und Leo hat mich ausgelacht.«

Mila kaute nachdenklich auf ihrer Unterlippe herum. »Hm … aber, das, was du uns gerade geschildert hast, ich meine, das, was du gehört hast, das klang doch ziemlich … na ja, echt.«

»So war es auch, Mila, das musst du mir bitte glauben. Okay, ich habe mich wegen der Komparsen getäuscht, aber die beiden Kerle eben, ich schwöre es dir, die waren echt.« Sie holte tief Luft und blickte Mila dann fest in die Augen. »Bist du heute Nacht mit von der Partie?«

»Dann willst du der Polizei also wirklich nichts von der Sache erzählen? Nicht einmal Cliff?«

Entschlossen schüttelte Kata den Kopf. »Damit die wie Leo behaupten, ich will mich nur wichtigmachen, und mich eiskalt abblitzen lassen – nee, darauf kann ich verzichten.«

»Okay«, sagte Mila zögernd. Und etwas entschlossener fügte sie hinzu: »Wann treffen wir uns?«

Kapitel 8

Das Gestüt lag im Dunkeln. Ein leichter Wind wehte und in der Ferne war das Gekläff eines Hundes zu hören.

Nelly schlich in geduckter Haltung vom Tor rüber zum Hauptstall, wo Kata und Mila sie schon sehnsüchtig erwarteten. Natürlich hatte sie sofort zugesagt, sich mit ihren beiden Freundinnen auf die Lauer zu legen, als Kata ihr davon erzählt hatte. Nicht eine Sekunde hatte sie an Katas Worten gezweifelt oder nachgefragt, ob sie sich nicht vielleicht verhört hatte. So wie Kata sich das auch von Leo gewünscht hätte.

»Sorry, früher ging's einfach nicht. Meine Eltern haben ausgerechnet heute Bock auf einen Happy-Family-Abend gehabt und ich hatte keine Chance, mich vorzeitig zu verabschieden.«

Kata winkte ab. »Schon gut, bist ja noch rechtzeitig hier. Aber jetzt sollten wir zusehen, dass wir uns ganz schnell unsichtbar machen.«

Sie warf einen Blick auf ihr Handy. Sieben Minuten vor 22 Uhr. Gleich würde Karl die Stallungen abschließen – es sei denn, zu so später Stunde ritt noch jemand. Dann blieb er so lange da, bis derjenige fertig war und das Pferd in seiner Box stand, um anschließend alles dichtzumachen. Doch das kam nur äußerst selten vor, denn in der Regel hielten sich die Einsteller an die Schließungszeiten, die zwar nicht vorgeschrieben, aber schon von den Casparons gewünscht waren.

»Hoffentlich hat Leo uns nicht verpetzt«, murmelte Mila nachdenklich.

»Quatsch, so was würde Leo niemals machen«, verteidigte Nelly ihn. »Auch wenn er unsere Aktion hier irgendwie albern findet, aber uns in die Pfanne hauen, nö, so ist Leo nicht.«

»So meinte ich das nicht, Nelly«, gab Mila zurück. »Ich hoffe nur, dass er nicht aus Sorge auf die Idee gekommen ist, seinem Vater etwas von unserem Plan zu erzählen. Es wäre doch schön blöd, wenn der hier gleich auftaucht, Licht in den Stallungen anmacht und die miesen Kerle damit unabsichtlich warnt.«

»Wird schon nicht passieren …«, murmelte Kata. Sie hatte keine Lust mehr, über Leo, was er dachte, wie er fühlte, was er tat oder nicht tat nachzudenken.

Das Ganze führte sowieso immer wieder in eine Sackgasse. »Und jetzt seid bitte leise und kommt mit. Sonst erwischt uns Karl noch und das wäre mindestens genauso blöd.«

Mila zuckte skeptisch mit den Achseln, doch sie folgte Kata und Nelly, als die beiden vorsichtig rüber zu dem linken Stalltrakt liefen. Das Tor war noch offen, Karl begann immer drüben bei der Reithalle mit dem Abschließen und stellte ganz zum Schluss die Alarmanlage an.

Schnell huschten sie ins Innere und liefen zum Ende der Stallgasse. Einige der Pferde in den Boxen spitzten interessiert die Ohren. Doch die meisten waren noch mit ihrem Abendheu beschäftigt. Fly wieherte leise, was Kata, trotz der angespannten Situation, ein Lächeln ins Gesicht trieb. Er hatte sie anscheinend an ihren Schritten erkannt, ihr verrückter, aber über alles geliebter Wildfang.

Vorsichtig stiegen sie die Holzstiege zum Dachboden hinauf. Bei der Dunkelheit, die hier herrschte, kein so ganz leichtes Unterfangen. Sie mussten aufpassen, nicht die Stufen zu verfehlen.

Die Heu- und Strohgroßbunde für die Pferde auf dem Gestüt Casparon lagerten in der großen Scheune, etwas weiter hinter der Reithalle gelegen. Auf dem kleinen Boden über diesem Stalltrakt waren lediglich ein paar Kleinbunde untergebracht. Von dort hatte man einen guten Blick auf die Stallgasse und die dahinterliegende Sattelkammer. Wenn die Einbrecher sich tatsächlich noch die anderen Sättel holen wollten, dann mussten sie hier entlang.

Die drei Freundinnen legten sich nebeneinander auf den Bauch und blickten hinunter auf die dunkle Stallgasse.

Es dauerte nicht allzu lange, da wurde das Tor geöffnet. Schnell zogen sich Kata, Mila und Nelly etwas weiter auf den Boden zurück, denn im nächsten Moment ging flackernd das Licht im Stalltrakt an.

Karl kam die Gasse entlang, blickte in jede Box, und als er sich versichert hatte, dass alle Riegel richtig geschlossen waren, die Tiere entspannt in ihren Boxen standen, löschte er das Licht wieder, verließ den Seitentrakt und verschloss die Tür von außen.

»Das war ja schon mal ein Kinderspiel«, murmelte Mila erleichtert.

Kata klang ebenso befreit, als sie jetzt zugab: »Wenn ich ehrlich bin, habe ich eben einen kurzen Moment lang Panik gehabt. Mir ist nämlich plötzlich wieder eingefallen, dass Karl mal eine Weile lang auch immer noch mal oben auf dem Dachboden nach dem Rechten gesehen hat.«

Nelly stöhnte auf. »Oh nein, stimmt. Im Hochsommer hat er die Temperaturen hier oben gecheckt. Weil er Angst hatte, die Ballen könnten aus irgendeinem

Grund Feuer fangen. Oh Mann, der hätte bestimmt ganz schön komisch geguckt, wenn er uns drei hier liegen gesehen hätte.«

Die Mädchen lachten leise – aber nicht vor Vergnügen, sondern aus Erleichterung.

Als die Pferde ihr Heu vertilgt hatten, wurde es nach und nach immer ruhiger im Stall. Einige legten sich ins Stroh, andere schliefen im Stehen.

»Wie spät ist es?«, flüsterte Mila.

»Kurz vor elf«, gab Nelly mit Blick auf ihr Handy zurück.

»Was? Ich dachte, wir hocken schon eine halbe Ewigkeit hier oben auf dem Heuboden herum.« Mila seufzte. »Die Zeit vergeht ja im Schneckentempo.«

»Ist doch immer so, wenn man wartet«, fand Nelly.

»Ja, stimmt«, murmelte Mila. »Was sagst du eigentlich deiner Mutter?«, wechselte sie das Thema. »Ich meine, wenn die mitkriegt, dass du nicht in deinem Bett liegst …«

»Da erwartet sie mich eh nicht. Ich hab nämlich behauptet, dass ich bei Kata übernachte. Sie hat zwar ein bisschen gemosert, weil sie es nicht so gerne sieht, wenn ich unter der Woche woanders schlafe, aber letztendlich konnte sie meinem treuherzigen Dackelbettelblick nicht widerstehen.«

Mila lachte. »Oha, hoffentlich ruft meine Mutter nicht bei euch an.«

»Warum sollte sie?«

»Na ja, *ich hab behauptet*, dass ich bei dir übernachte.«

»Echt? Oh Mann, Mila, das hätten wir vielleicht mal besser absprechen sollen.«

»Ja … ähm, klar, stimmt …«, gab Mila schuldbewusst zu. »Andererseits, warum sollte meine Mutter bei euch anrufen?«

»Um sich zu erkundigen, warum meine sich bei euch gemeldet hat«, sagte Kata und klang dabei so, als müsste sie mühsam ein Lachen unterdrücken.

»Hä?«, machten Mila und Nelly fast synchron.

»Ich habe gesagt, dass ich bei Mila übernachte.«

Kata prustete los. »Wir sind vielleicht tolle Detektive. So unglaublich weitsichtig und total einfallsreich.«

Die beiden anderen Mädchen fielen in ihr Lachen ein. Prompt regte sich unten in den Boxen etwas. Ein Pferd rappelte sich aus dem Stroh hoch, ein anderes wieherte und ganz vorne an der Tür begann der große Schimmel mit dem Vorderhuf zu scharren.

»Pssst«, machte Kata und stupste Mila in die Seite. »Leise …«

»Hallo? Wer hat denn bitte schön mit dem Gekicher angefangen.«

»Na ja, wenn ihr …« Mitten im Satz verstummte Kata und horchte auf.

»Was ist?«, zischte Nelly ihr aufgeregt zu.

Kata presste ihr die Hand auf den Mund.

»Pssst, da kommt jemand. Ich habe Schritte gehört.«

Angespannt starrten die drei Freundinnen in die Dunkelheit. Katas Pulsschlag beschleunigte sich. Mila wurde ganz heiß und Nelly bekam es plötzlich so sehr mit der Angst zu tun, dass sie am liebsten schreiend die Flucht ergriffen hätte.

»Und wenn sie … bewaffnet sind«, krächzte sie ängstlich.

»Pssst«, machte Kata zum dritten Mal.

In diesem Moment tat sich unten an der Stalltür etwas. Ein Schlüssel wurde ins Schloss gesteckt und umgedreht. Die Klinke ging nach unten und dann wurde das Tor langsam aufgezogen.

Während Nelly sich vor Aufregung in den Handrücken biss, rutschte Kata wieder weiter nach vorne, um einen besseren Blick auf die Stallgasse zu haben. Ihr war genauso mulmig wie ihren beiden Freundinnen, doch sie durfte jetzt keine Schwäche zeigen und vor allem keinen Fehler machen. Sobald sie sich überzeugt hatte, dass es nicht Karl war, der noch mal eine späte Runde durch die Stallungen drehte, sondern die beiden Kerle, würde sie sich nach ganz hinten auf den Heuboden zurückziehen und die Polizei verständigen.

Nein, Karl war das nicht. Aber …

»Kata? Mila? Nelly? Seid ihr hier irgendwo?«

Leo. Verdammt, was wollte der denn hier?, schoss es Kata durch den Kopf. Und als Nächstes: Er macht sich bestimmt Sorgen um Mila.

»Ist das Leo?«, keuchte Nelly hinter ihr.

»Ja«, gab Kata ärgerlich zurück.

»Dann ist er doch noch gekommen«, freute sich Mila und Kata hätte sich am liebsten zu ihr umgedreht und sie angeschrien, dass das bestimmt kein Grund zur Freude war. Mit seinem plötzlichen Auftauchen gefährdete er ihren schönen Plan.

»Wir sind hier oben, Leo, auf dem Heuboden«, rief Mila ihm zu, noch bevor Kata sie daran hindern konnte.

Leo fluchte irgendetwas vor sich hin, schloss dann aber das Tor hinter sich und marschierte im Dunkeln Richtung Holztreppe.

Zumindest macht er das Licht nicht an, sodass die Einbrecher nicht schon von Weitem gewarnt werden, dachte Kata einigermaßen erleichtert. Er wollte ihren Plan also nicht komplett sabotieren.

Doch als Leo oben bei ihnen angekommen war, schüttelte er verständnislos den Kopf und motzte: »Ihr habt alle drei eindeutig einen Knall. Und zwar den größten aller Zeiten. Mal angenommen, hier würden tatsächlich irgendwelche miesen Kerle auftauchen, was wollt ihr dann machen, sie mit Pferdeäppeln abwerfen?«

»Bestimmt nicht«, konterte Kata. »Aber darüber müssen wir uns jetzt eh keine Gedanken mehr machen. Dank dir sind sie jetzt unter Garantie gewarnt.«

»Wer, Kata, die beiden Schauspieler, die du für die Einbrecher hältst, nur weil sie ihren Text geprobt haben, oder doch die drei Komparsen von gestern?«

»Komparsen?«, wisperte Nelly. »Schauspieler? Wovon redest du, Leo. Ich verstehe gerade echt nur noch Bahnhof.«

»Pöh«, machte Kata. »Ich bin doch nicht blöd und verwechsele Schauspieler mit echten Verbrechern«, ranzte sie ihn beleidigt an.

»So … hm, lass mal nachdenken, Mafiosi-Look und der andere in Jeans und rot kariertem Hemd. Sagt dir das vielleicht etwas, Superagentin Katharina?«

Kata stiegen vor Wut und Scham die Tränen in die Augen. »Macht dir das eigentlich Spaß?«

»Nein! Ich würde jetzt viel lieber in meinem Bett liegen. Aber dank deiner ausschweifenden Fantasie …«

»STOPP!«, fiel Nelly Leo ins Wort. »Sagt mal, was ist denn eigentlich mit euch beiden los? Warum geht ihr wie zwei Kampfterrier aufeinander los?«

»Weil Kata Gespenster sieht und völlig Unschuldige verdächtigt und weil …«

Erneut ließ Nelly Leo nicht aussprechen. »Selbst wenn das so wäre, Leo, ich verstehe trotzdem nicht, warum du gleich so giftig wirst.«

Leo starrte von Nelly zu Kata und dann wieder zu Nelly. Er holte tief Luft, dann machte er eine wegwerfende Handbewegung, bevor er im Eiltempo die Treppe hinunterrannte. Ein Wunder, dass er sich dabei nicht langlegte.

»Ach, macht doch, was ihr wollt«, rief er von unten hoch. »Aber die beiden Schauspieler sind tatsächlich nur ihren Text durchgegangen. Ich habe höchstpersönlich mit ihnen gesprochen, weil mir das Ganze vorhin schon irgendwie komisch vorgekommen ist. Ihr könnt also die Pferdeäppel zur Seite legen, hier tauchen heute Nacht bestimmt keine miesen Typen mehr auf. Das ist FAKT!« Damit verließ er im Laufschritt den Stall.

Als die Tür laut hinter ihm ins Schloss knallte, fragte Nelly erneut: »Was war das denn gerade? So kenne ich Leo überhaupt nicht. Was ist denn plötzlich in ihn gefahren? Warum ist er nur so ruppig …?«

Mila rutschte an ihre Seite. Sie legte den Arm um ihre Schulter. »Die Liebe«, sagte sie schmunzelnd. »Leo ist verknallt.«

»In wen? In dich? Seid ihr etwa heimlich ein Paar?«, rief Nelly verblüfft.

Mila lachte los. »Nein, natürlich nicht. Um Himmels willen, never ever. Wir sind nur gute Freunde.«

In Katas Ohren begann das Blut zu rauschen. Dennoch hörte sie laut und deutlich, wie Mila sagte: »Er will es mir nicht verraten. Dabei hab ich schon alles versucht, um es aus ihm herauszuquetschen. Doch der Gute schweigt wie ein Grab. Aber eins ist klar, diejenige, um die es sich handelt, bringt sein Blut zum Überkochen, weshalb er in letzter Zeit immer gleich hochgeht, als wäre er ein Chinaböller …«

Kapitel 9

»Das Tor ist zu«, sagte Nelly und drehte sich fassungslos zu ihren beiden Freundinnen um. »Leo hat es wieder abgeschlossen.«

Mila schob sich an ihr vorbei und überprüfte, ob Nelly sich eventuell getäuscht hatte. Vielleicht klemmte die Tür ja nur. »Das bringt der nicht«, murmelte sie dabei – und musste feststellen: Leo hatte das sehr wohl *gebracht*!

»Wir sind eingeschlossen«, krächzte Nelly. »Bis morgen früh, wenn Karl oder Jurek wieder aufschließt. Mädels, das bedeutet, wir dürfen heute hier übernachten.«

Mila stöhnte laut auf. »Und dann ohne duschen, Zähne putzen, frische Klamotten in die Schule. Auweia, das kann ja ein Spaß werden.«

»Blödsinn«, mischte sich nun Kata ein, die, seitdem Mila das mit Leo und dem Verliebtsein behauptet hatte, sehr wortkarg gewesen war. »Wir schleichen uns einfach durch Flys Paddockbox raus.«

»Denkst du vielleicht mal an die Alarmanlage?«, erinnerte Nelly sie. »Direkt hinter den Ausläufen. Hochmodern. Etwas, auf das die Casparons extrem stolz sind.«

»Und dennoch ist es den Einbrechern gelungen, in den Hauptstall zu gelangen«, sagte Mila. »Aber natürlich hat Nelly recht, ich gehe auch davon aus, dass Leo sie wieder angestellt hat.«

»Dann übernachten wir halt hier. Was soll's«, brummte Kata trotzig. »Spätestens um sechs Uhr wird aufgeschlossen und dann …«

»Wie hast du dir das überhaupt gedacht?«, fiel Nelly ihr ins Wort. »Ich meine, wenn jetzt tatsächlich hier niemand aufgetaucht wäre, also auch nicht Leo, dann hätten wir ja so oder so hier übernachten müssen.«

Trotzig schob Kata das Kinn vor. »Ich war mir aber sicher …« Sie stockte, machte eine wegwerfende Handbewegung und brummte schließlich geknickt: »Ja, ich weiß es inzwischen selbst, der absolute Kackplan. Von Anfang bis Ende …« Und in Gedanken fügte sie hinzu: Mir geht es da wie Leo, ich neige zu völlig idiotischen Aktionen und erkenne mich selbst nicht wieder. Verdammt!

Einen Moment lang herrschte Schweigen in der dunklen Stallgasse. Dann zuckte Nelly mit den Schultern und verkündete: »Okay, was soll's, dann machen wir es uns jetzt halt oben auf dem Dachboden gemütlich.«

Mila nickte. »Ich wollte schon immer mal im Pferdestall übernachten.« Sie knuffte Kata, die noch immer ziemlich bedröppelt dastand, aufbauend in die Seite. »Siehst du, Kata, dann hat die Aktion doch noch was Gutes, ich kann mir endlich meinen Herzenswunsch erfüllen.«

Nelly grinste breit, während Mila Kata unterhakte und sie mit sich die Stallgasse entlang zur Treppe zog.

»Husch-husch, ins Bettchen«, befahl sie. »Und morgen früh ist dann eben duschen auf dem Gestüt angesagt.«

»So machen wir das«, stimmte Nelly ihr zu.

Oben angekommen, wisperte Kata: »Danke, ihr beiden, dass ihr mir diese idiotische Aktion nicht übel nehmt …«

»Niemals«, rief Mila, »ist doch ein tolles Abenteuer.«

Und Nelly meinte: »Hey, wir sind schließlich Freundinnen. Wo ist das Problem?!«

Am nächsten Morgen hatten die drei dann mehr Glück als Verstand. Jurek schloss bereits kurz vor 6 Uhr den Stall auf und marschierte direkt zurück zur großen Scheune, um sich dort auf den Traktor zu setzen und einige Großbunde Heu und Stroh zu den einzelnen Ställen zu bugsieren. Von Karl war nichts zu sehen. Sofort sprinteten die Mädchen rüber zur Reithalle und verschwanden ungesehen im Aufenthaltsraum, an den sich die Waschräume anschlossen. Knapp zwanzig Minuten später verließen sie zu dritt das Gestüt. Während Kata und Nelly in die Schule radeln konnten, nahm Mila die Bahn in die Stadt und legte die letzten Meter zu Fuß zu ihrer Schule zurück.

Auch wenn Katas Aktion von Anfang an total idiotisch gewesen war, diese Nacht im Stall würde keine von ihnen jemals vergessen.

***

Schon wenige Stunden später galoppierte Kata auf die Kombination aus zwei Steilsprüngen und einem Oxer zu, und je näher sie dem ersten Hindernis kam, desto mehr zog Fly an. Drei Galoppsprünge noch, zwei, einen, und dann machte er einen Satz über den Sprung, als lägen noch zwei unsichtbare Stangen obendrauf. Kaum hatte der Hellbraune wieder Boden unter den Hufen, riss er Kata die Zügel aus den Händen und schoss wie ein geölter Blitz los. Kata brauchte einen Moment, um die Zügel wieder aufzunehmen, da war er schon am nächsten Sprung vorbeigestürmt.

Energisch parierte sie ihn durch und blickte hilflos zu Frank Thiessen, ihrem Springlehrer.

»Ich bin einfach zu blöd«, keuchte sie deprimiert. »Ich weiß genau, dass er es nach jedem Sprung versucht, und trotzdem lasse ich es zu.«

Frank Thiessen schüttelte den Kopf. »Du bist bestimmt nicht zu blöd, Kata, also rede keinen Unsinn«, versuchte er sie aufzubauen.

»So brauche ich am Wochenende gar nicht erst zum Turnier zu fahren.«

»Natürlich fährst du. Was soll das denn? Du führst in der Gesamtwertung des Löwen-Cups. Wenn du nicht startest, dann bist du raus, Kata, das ist dir doch wohl hoffentlich klar?!«

Gleichgültig zuckte Kata mit den Achseln. »Und wenn schon …«, murmelte sie.

Frank Thiessen machte einen Schritt auf Fly zu und fasste in seine Zügel, sodass der Wallach stehen blieb.

»Was ist los mit dir, Kata? Spuck es schon aus!«

»Nix«, murmelte Kata. »Ich bin halt einfach nur zu blöd zum Reiten. Hast du doch gerade gesehen.«

Frank Thiessen atmete tief durch. »Mannomann, was ist das denn für ein dummes Gerede. Das geht ja gar nicht, Kata. Und ich muss sagen, es ärgert mich auch ziemlich, dass du dich so hängen lässt. Fly ist in den letzten Wochen stark geworden, das stimmt wohl. Und du zartes Persönchen musst manchmal ganz schön mit seinem enormen Vorwärtsdrang kämpfen. Aber das hat dich doch bisher nicht entmutigt. Was ist denn plötzlich in dich gefahren, dass du gleich rumheulst?«

»Ich heule nicht rum«, wisperte Kata. »Ich stelle nur fest, dass ich für die schwere Klasse wohl doch noch nicht gut genug bin.«

»Gibt es Probleme?«, rief Katas Mutter vom Rand des Springplatzes herüber. Wie so oft schaute sie beim Springtraining zu und war nun ziemlich verwundert, ihre Tochter so entmutigt zu sehen. Das passte nicht zu Kata, der bisher keine Herausforderung groß genug gewesen war.

Frank Thiessen winkte ab. »Alles okay. Kata muss nur kurz Luft holen.«

Dann wandte er sich wieder an Kata. »So, meine Liebe, und jetzt hörst du gefälligst augenblicklich mit diesem albernen Ich-schaffe-das-nicht-Gequengele auf und reitest die Kombination noch mal an. Wichtig ist, dass du nach dem Sprung sofort wieder tief einsitzt. Bleib ruhig übertrieben weit hinten mit dem Oberkörper, damit er erst gar nicht die Chance hat, dir die Zügel zu nehmen und dann loszupreschen. Du bist die Chefin, du bestimmst das Tempo, nicht Fly. Kapiert? Kontrolliere jeden einzelnen Galoppsprung. Alles ganz bewusst reiten.«

Kata nickte. Auch wenn sie alles andere als überzeugt davon war. Doch sie kannte auch Frank Thiessen. Er würde eh keine Ruhe geben. Das Wort Aufgeben existierte nicht in seinem Wortschatz. Und eigentlich war es genau das, was Kata so sehr an ihm schätzte. Und er hatte absolut recht, dieses Gejammer passte nicht zu ihr. Doch so fühlte sich Kata momentan nun mal: durch und durch jämmerlich.

Diese bekloppte Nachtaktion. Leos abweisende Art ihr gegenüber. Milas Vermutung, dass er in irgendein Mädel verknallt war. Da war diese Eifersucht auf irgendeine Unbekannte, die sich wie ein hinterhältiger Virus fest in ihrem Kopf verankert hatte. Die Einbrecher, die noch immer nicht gefasst worden waren. Kata war so dünnhäutig wie noch nie in ihrem Leben und ausgerechnet jetzt stand das Finale des Löwen-Cups unmittelbar bevor, für das sie seit Monaten trainierte.

Reiß dich zusammen, Katharina Schneider, rief sie sich innerlich selbst zur Ordnung und nickte Frank Thiessen schließlich zu.

»Okay, ich reite die Kombination noch mal an.«

Doch zu Katas Überraschung schüttelte Frank Thiessen nun den Kopf. »Nein, Kata, ich hab es mir gerade anders überlegt. Du trabst Fly jetzt nur noch ein bisschen ab und dann bringst du ihn in seine Box.«

»Was?«, rief Kata erstaunt. »Aber …«

Frank Thiessen ließ sie nicht ausreden. »Ich möchte, dass du Quaid stattdessen springst. Während du Fly wegbringst, mache ich ihn dir fertig.«

»Quaid? Aber warum?« Kata verstand es einfach nicht.

Quaid war eines von Frank Thiessens Springpferden, das momentan hier auf dem Gestüt Casparon stand, weil sich Sonja, eine der Einstellerinnen, für ihn interessierte. Frank hatte angeboten, dass sie vier Wochen ausprobieren könnte, ob sie mit ihm auch wirklich zurechtkam. Frank Thiessen verdiente in erster Linie mit der Zucht von Sportpferden und deren Verkauf sein Geld. Dazu gab er Springunterricht und war als Richter auf Turnieren anzutreffen. Doch im Vordergrund stand bei ihm immer das Wohl seiner Pferde. Es kam äußerst selten vor, dass er ein Pferd in völlig fremde Hände verkaufte, und erst recht nicht, nach nur einmaligem Ausprobieren.

»Ich möchte, dass du dich jetzt einfach nur mal auf dich konzentrierst, Kata. Und das geht am besten auf so einem Verlasspferd wie Quaid«, erklärte Frank Thiessen den plötzlichen Pferdewechsel.

»Und Fly, ich meine … na ja, das Turnier ist in drei Tagen.«

Frank Thiessen zuckte lässig mit den Schultern. »Mit Fly beschäftigen wir uns morgen wieder. Jetzt geht es nur um dich. Dass du den Kopf freibekommst und nicht immer nur daran denkst, dass dir dein Pferd im Parcours davonstürmt.«

Kata wollte noch etwas erwidern, doch Frank Thiessen winkte ab. »In einer Viertelstunde treffen wir uns wieder hier. Also beeil dich. Ich hab heute noch weitere Termine. Zack-zack!« Das klang endgültig und Kata blieb nichts anderes übrig, als zu tun, was Frank Thiessen angeordnet hatte. Widerworte gab es nämlich ebenfalls nicht in seinem Wortschatz.

Als sie in weniger als fünfzehn Minuten zurück auf den Springplatz gehetzt kam, stand ihre Mutter neben Frank Thiessen. Er hielt den gesattelten Quaid am Zügel und unterhielt sich angeregt mit ihr. Katas Mutter lächelte sie aufbauend an, äußerte dann aber, als ihre Tochter direkt neben dem langbeinigen Dunkelfuchs stand, der über ein Stockmaß von 1,81 Meter verfügte, leise Zweifel.

»Ist der nicht ein bisschen zu groß für Kata?«

Frank Thiessen lachte. »Wenn sie erst mal draufsitzt, dann nicht mehr.«

Kata ritt Quaid erst zwei Runden im Schritt um den großen Springplatz herum, gurtete nach und nahm dann die Zügel zum Antraben auf. Quaid war ziemlich lebhaft, er trabte eilig vorwärts, woraufhin Frank Thiessen Kata zurief, sie solle ihn etwas zurückparieren.

»Nicht weglaufen lassen, Kata, du bestimmst das Tempo, nicht dein Pferd. Steh langsamer aus dem Sattel auf und setze dich noch langsamer hin. Reguliere das Tempo über deinen Sitz, nicht durchs Zerren an den Zügeln.«

Tatsächlich lief Quaid nach einer halben Trabrunde viel langsamer und somit auch lockerer dahin und Frank war sehr zufrieden mit seiner Reitschülerin.

»Sonja reitet ihn zu wenig. Ich hab das Gefühl, die beiden passen nicht zusammen«, meinte er plötzlich. »Quaid ist nicht ausgelastet, das merkt man daran, wie er losrennt, nahezu ohne Rücken. Ich schätze, ich muss mich weiter nach einem geeigneten Käufer für ihn umsehen.« Er schüttelte den Kopf. »Tja, so ist das heutzutage, die Leute wollen unbedingt einen Champion haben, können ihn aber nicht bedienen.«

Frank Thiessen ließ Kata zunächst über ein kleines Kreuz gehen, das er nach einigen Malen erhöhte. Der Wallach sprang artig und mit ausreichend Zug zum Sprung darüber, ohne jedoch schnell zu werden oder gar unkontrollierbar. Anschließend schickte er Kata über einen kleineren Steilsprung und einen niedrigen Oxer. Danach ging es für Kata und Quaid in die Reihe – vier kleinere Kreuze hintereinander und zum Schluss ein Steilsprung. Quaid sprang die Reihe einige Male hintereinander ohne Probleme. Er kaute am Gebiss und war sehr aufmerksam, und je lockerer er wurde, desto mehr entspannte Kata.

»Und jetzt den Parcours«, kündigte Frank Thiessen an und begann einige Stangen etwas niedriger zu bauen, als sie zuvor in den Sicherheitsauflagen in den Ständern gelegen hatten, bis der Parcours eine gute L-Höhe hatte.

»Kata, reite den Parcours so wie eben die Reihe. Keinen Druck, lass Quaid einfach nur machen.«

Kata fasste die Zügel kürzer und nickte, dann ließ sie Quaid angaloppieren. Der Dunkelfuchs zog mit aufmerksam gespitzten Ohren zu den Sprüngen, ohne dabei schnell zu werden. Wie eine Feder flog er über die Steilsprünge, die Oxer, die Kombinationen. Kata musste lediglich ein bisschen die Hand stehen lassen, schon verkürzte er seinen Galoppsprung, sodass sie optimal vors Hindernis kamen. Es war ein Genuss, so ein fantastisches Springpferd zu reiten.

Nachdem sie den Parcours ohne Fehler gemeistert hatten, parierte Kata strahlend zum Trab durch und klopfte Quaid überschwänglich den Hals.

»Wow, einfach nur genial. Was für ein Pferd.«

Frank Thiessen nickte zufrieden. »Ja, Quaid ist wirklich talentiert. Aber nicht annähernd mit so viel Springvermögen wie dein Fly ausgestattet.«

»Hm ... kam mir aber anders vor«, meinte Kata verwundert.

Erneut nickte der Springtrainer. »Weil du zum Reiten gekommen bist, Kata, du bist endlich mal wieder einfach nur zum Reiten gekommen. Hast super gesessen und Quaid nicht ein einziges Mal im Maul herumgezerrt.«

Kata machte große Augen. »Und auf Fly *reite* ich nicht oder wie soll ich das verstehen?«

Frank Thiessen nickte. »So ist es! Bei Fly bist du die ganze Zeit nur damit beschäftigt, dir Gedanken zu machen, ob er gleich wieder abgeht, ob du ihn dann noch lenken kannst, ob du ihn passend vor den Sprung bekommst, ob, ob, ob … und darüber vergisst du tatsächlich das Reiten.«

»Und was bedeutet das jetzt?«, fragte Kata. So richtig schlau wurde sie aus der ganze Aktion noch immer nicht.

Frank Thiessen lächelte warm. »Dass du auf Fly vertrauen sollst, so wie eben auf Quaid. Hirn aus, Bauchgefühl an, dann klappt das auch wieder mit deinem Wildfang.«

Anschließend baute Frank Thiessen den Parcours auf M-Höhe hoch, und als Kata auch diesen mit Quaid ohne Probleme bewältigte, war er sichtbar begeistert.

»Super, Kata, absolut super. Und noch was, nur für dein Selbstvertrauen, Quaid ist gerade das erste Mal über so eine Höhe gegangen.«

»Was?« Kata konnte es nicht fassen. »Du veräppelst mich doch. Der ist die Höhe doch gesprungen, als würde er nichts anderes machen.«

Frank Thiessen nickte. »Weil du ihn erstklassig geritten hast, Kata. Du bist ein großes Talent und mir ist es wichtig, dass dir das auch bewusst ist.« Er grinste schief. »Natürlich ohne gleich eingebildet zu sein.«

Kata lachte – endlich konnte sie wieder lachen. »Quatsch, ich doch nicht. Dafür sorgt schon mein strenger Springtrainer.«

Als Kata kurz darauf Quaid rüber zum Stall führte, um ihn abzusatteln und anschließend die Beine abzuspritzen, kam ihr Leo entgegen.

Sofort war es mit Katas Hochgefühl wieder vorbei. Ihr Magen zog sich schmerzvoll zusammen und ihr Herz begann zu rasen. Bestimmt bekam sie gleich wieder einen blöden Spruch von ihm zu hören.

Doch Kata sollte sich täuschen.

Leo lächelte sie fast ein wenig schüchtern an und sagte: »Du bist gerade toll geritten, Kata. War richtig schön anzusehen.«

Ups, das waren ja ganz neue Töne, staunte Kata.

Kapitel 10

Den restlichen Tag bekam Kata Leo nicht mehr zu sehen. Auch Mila ließ sich auf dem Gestüt nicht blicken. Nur Nelly hetzte in den Stall, als Kata gerade En Vogue sattelte.

Saskia hatte sie gebeten, ihre Stute heute für sie zu reiten, weil sie selbst keine Zeit hatte. Normalerweise tat Kata Saskia nur ungern einen Gefallen. Typischer Schwestern-Twist, nannten ihre Eltern das Gezicke zwischen ihren beiden Töchtern. Aber sie waren sich sicher, dass es eines Tages vorbei sein und aus den beiden so was wie beste Freundinnen werden würde.

Die Zuversicht hatte ein Vorbild, Katas Mutter und ihre vier Jahre ältere Schwester. Die beiden hatten sich in jungen Jahren dermaßen bekriegt, dass man schon fast von Hass reden konnte. Doch eines Tages war es dann urplötzlich mit der angeblichen gegenseitigen Abneigung vorbei. Seitdem pflegten die Schwestern ein ganz besonders inniges Verhältnis zueinander.

En Vogue zu reiten, war allerdings kein Gefallen, den Kata ihrer Schwester tat, sondern eher umgekehrt: Kata liebte es, Saskias junge Stute zu reiten. Sie mochte die Escolar Tochter einfach zu gern, und auch wenn sie durch und durch Springreiterin war, En Vogue zuliebe tauschte sie gerne mal den Springsattel gegen einen Dressursattel. Nur Fly, nein, den hätte sie für nichts in der Welt eingetauscht.

»Ich werde Showgirl nur schnell longieren. Zum Reiten habe ich heute keine Zeit. Meine Mum will mit mir in die Stadt zum Shoppen. Ich brauche unbedingt ein paar neue Klamotten«, sagte Nelly und grinste.

Kata hätte am liebsten mit Nelly über die Begegnung mit Leo gesprochen und was sie davon halten sollte, doch Nelly war so im Stress, dass sie ihr schließlich anbot, Showgirl für sie zu longieren.

»Echt, Kata, das würdest du machen?«

Kata nickte. »Klar doch. Ich habe eh nichts Besonderes vor. Wenn ich mit En Vogue fertig bin, dann kümmere ich mich um Showgirl.«

Nelly flog ihr um den Hals und drückte ihr einen feuchten Schmatzer auf die Wange. »Du bist die Beste.«

Die beiden verabredeten sich noch fix für den nächsten Tag zu einem Ausritt und dann war Nelly auch schon wieder davongeflitzt.

Kata ritt En Vogue, longierte Showgirl, putzte Fly ein zweites Mal und hielt dabei ununterbrochen Ausschau nach Leo. Doch der ließ sich nicht mehr blicken. Als sie schließlich das Gestüt verließ, war es schon Abend.

***

Am nächsten Tag trafen Kata und Nelly sich wie verabredet um 15 Uhr im Stall.

Eigentlich hatte Mila auch noch dazustoßen wollen, doch dann war ihr in letzter Sekunde irgendetwas dazwischengekommen. Was genau, das hatte sie nicht gesagt, nur den beiden eine kurze Nachricht aufs Handy geschickt, dass sie leider, leider ohne sie ausreiten müssten – versehen mit einem Heulsmiley.

In Windeseile sattelten Kata und Nelly ihre Pferde und ritten sofort los. Sie ließen Showgirl und Fly im Schritt nebeneinander hergehen und Kata erzählte Nelly von der Springstunde und dass sie tatsächlich schon eine Veränderung spürte.

»Ich kann Fly die Zügel hingeben und er bleibt trotzdem bei mir. Ich glaube, das liegt wirklich daran, dass ich nicht denke, gleich rennt er wieder los oder fängt das Bocken an. Automatisch bleibt auch Fly cool.«

»Wenn ich ein Springpferd hätte und dazu das Geld, mir Unterricht leisten zu können, ich würde auch zu gerne bei Frank reiten. Er ist einfach nur genial.«

Kata nickte. »Das ist er. Und weißt du was, er hat sogar angeboten, dass er am Wochenende mit zum Turnier kommt.«

Nelly machte große Augen. »Echt? Aber das müsst ihr doch bestimmt bezahlen?« Sie winkte ab. »Okay, das ist ja bekanntlich nicht euer Problem.«

Kata streckte ihr die Zunge heraus. »Mann, Nelly, jetzt lass das doch mal immer mit dem Geld. Ich kann nichts dafür, dass meine Eltern welches haben. Und außerdem, Frank begleitet uns nicht für Geld, er möchte aus purem Interesse dabei sein.«

Nelly grinste. »Ist ja schon gut, ich hab's kapiert.« Doch nach einer Weile schob sie dann augenzwinkernd hinterher. »Oder er hofft, dass ihr Quaid kauft. Sonja hat er jedenfalls abgesagt.«

»Blödsinn«, gab Kata zurück. »Und bevor das noch schlimmer wird mit deinen Mutmaßungen, sollten wir jetzt unbedingt antraben. Der Wind kann dir ruhig mal ein bisschen dein Hirn lüften.«

Nelly warf Kata ein Luftküsschen zu. »Ja, Süße, ich liebe dich auch.«

Lachend trabten die Mädchen ihre Pferde an und

verfielen nach einer Weile in einen ausgedehnten Galopp. Den Wind in den Haaren, die warme Sonne auf der Haut und das gleichmäßige Donnern der Hufe auf dem sandigen Untergrund, für Kata und Nelly gab es nichts Schöneres auf der Welt.

Als sie schließlich den Rückweg antraten, schlug Nelly vor, einen Bogen zu reiten, der sie am Haus der Casparons vorbeiführte.

»Das Wetter ist so wunderschön und von dort oben hat man einen genialen Ausblick auf das Gestüt und die Filmstudios.«

Kata hatte nichts dagegen einzuwenden, und so ritten sie nicht auf direktem Weg zurück zum Stall, sondern machten den kleinen Umweg.

Das Haus der Casparons konnte man eigentlich nicht als ein solches bezeichnen. Es war ein riesiger Landsitz. Schneeweiß wie ein Märchenschloss, mit zwei kleinen Türmchen und großen Marmorsäulen links und rechts des imposanten Eingangsbereiches, umgeben von einem wunderschönen Park mit großem Ententeich in der Mitte.

»Wahnsinn«, hauchte Nelly. »Und in diesem riesigen Kasten wohnen die zu zweit.«

»Du hast die Hunde vergessen«, erinnerte Kata sie grinsend. »Und so oft sind sie ja auch nicht hier. Momentan, das hat Karl erzählt, sind sie wieder irgendwo an der Küste. Dort haben sie wohl ein kleines

Häuschen am Meer. Wobei … na ja, *klein* kann ich nicht wirklich glauben.«

Nelly nickte. »Ich auch nicht.«

Eine Weile schwiegen die beiden, bestaunten einfach nur das wunderschöne und weitläufige Anwesen.

Bis Nelly schließlich meinte: »Aber schon krass, dass die nicht einmal ihren Urlaub unterbrochen haben, nachdem auf dem Gestüt eingebrochen wurde. Ich wäre total aus dem Häuschen, aber die überlassen das einfach alles nur Cliff.«

Kata verzog den Mund. »Na ja, er ist der Verwalter und deshalb ist das auch sein Job. Zumindest sehen die Casparons das wohl so.«

»Lass uns weiterreiten«, schlug Nelly vor.

Kata nickte und lenkte Fly auf einen schmalen Feldweg etwas unterhalb des Landhauses der Casparons.

Sie hatten das Anwesen schon ein Stückchen hinter sich gelassen, da kam plötzlich ein älterer VW-Bus angefahren. Da sich die breite Zufahrt oberhalb des Feldweges befand, konnten die Mädchen das Auto sehen, der Fahrer jedoch die beiden Reiterinnen nicht.

»Oh yeah, die Karre passt ja nun mal so überhaupt nicht zum protzigen Look des Anwesens«, spottete Nelly.

Kata nickte. »Der hat sich bestimmt verfahren.«

Die Mädchen parierten ihre Pferde durch und sahen neugierig zu dem sonderbaren Bus. Wie würde der

Fahrer wohl reagieren, wenn er feststellte, dass die Zufahrt eine Sackgasse – im Grunde genommen sogar ein Privatweg – war?

»Ups, der Beifahrer ist gerade ausgestiegen. Dann haben sie sich anscheinend doch nicht verfahren.«

»Vielleicht irgendwelche Handwerker«, murmelte Kata.

»In so einer alten Karre«, erwiderte Nelly kopfschüttelnd. »Nö, Kata, die Casparons beschäftigen bestimmt nur erstklassige Handwerksbetriebe.«

Gleichgültig zuckte Kata mit den Schultern. »Kein Plan.« Und nach einer kurzen Pause fügte sie hinzu: »Was geht es uns an?« Sie presste ihre Unterschenkel leicht gegen Flys Flanken und wollte endlich weiterreiten. »Komm jetzt, Nelly, ich will dann langsam auch mal nach Hause. Nachdem ich gestern den ganzen Tag im Stall war, muss ich heute unbedingt was für die Schule tun. Wir schreiben Freitag 'ne Klausur und die darf ich auf gar keinen Fall versemmeln.«

Nelly nickte, als sie plötzlich einen spitzen Aufschrei hörten.

»Was war das?«, rief Nelly erschrocken.

»Das kam von oben … von den Casparons … die aber überhaupt nicht zu Hause sind.«

Die Mädchen guckten sich an – und dachten das Gleiche.

»Wir müssen nachsehen. Auf der Stelle.«

Kata nickte. »Ja!«

»Wenn wir hier unten auf dem Weg bleiben und ein Stückchen zurückreiten, dann kann man uns von oben nicht sehen«, meinte Nelly. »Und wenn doch, dann können wir notfalls querfeldein davongaloppieren.«

Sie nickten sich gegenseitig zu und Nelly wendete ihre Stute auf dem schmalen Weg. Kata folgte ihrem Beispiel. Die Zügel kurz und mit einem mulmigen Gefühl, ritten sie das kleine Stück zurück, bis sie eine gute Sicht auf den breiten Eingangsbereich des Landhauses hatten.

Tatsächlich stand der Typ, der zuvor ausgestiegen war, direkt vor der verschnörkelten Holztür, zusammen mit einer dunkelhaarigen Frau, die allerdings nicht so aussah, als wäre sie in Not.

»Das ist die Haushaltshilfe der Casparons«, wusste Kata. »Aber sie macht nicht gerade den Eindruck, als hätte sie Angst vor dem Typen.«

Kaum hatte sie zu Ende gesprochen, warf sich die junge Frau in die Arme des Mannes und die beiden küssten sich.

Nelly lachte. »Nö, ängstlich kommt die nicht gerade rüber. Oh Mann, Kata, wir beide sehen echt schon überall Gespenster.«

Kata nickte mit einem Gesicht, als hätte sie in eine Zitrone gebissen. »Das war kein Angst-, sondern ein Freudenschrei.«

»Jetzt passt das auch wieder mit dem klapprigen Auto«, fand Nelly.

Das sah Kata allerdings anders. »Hm … nur weil das der Typ von der Putzfrau der Casparons ist, muss er ja nicht zwangsläufig 'ne alte Rostlaube fahren.«

»Ich denke halt in Klischees«, räumte Nelly ein und grinste schief.

Nachdem das geklärt war, wandten die Freundinnen ihre Pferde erneut um und traten im Schritt den Rückweg an.

Als sie die Kreuzung erreicht hatten, an der die Zufahrt der Casparons abzweigte und aus dem schmalen Feldweg eine Straße wurde, vernahmen sie hinter sich Motorgeräusche. Nelly wandte sich im Sattel um und sah, wie der alte VW-Bus angefahren kam.

»Das ging ja schnell mit dem Küssen«, lachte Nelly.

Sie parierten ihre Pferde durch und warteten auf dem Feldweg, dass der Bus an ihnen vorbeifuhr.

Als das Fahrzeug auf gleicher Höhe war, erkannten die Mädchen durch das heruntergelassene Seitenfenster, dass die beiden Männer herzhaft lachten. Sie schauten nicht nach links und bemerkten deshalb die Reiterinnen nicht.

»Man gut, dass wir nicht auf der Straße geritten sind«, brummte Kata. »Die schaun ja nicht nach links oder rechts und hätten uns womöglich über den Haufen gefahren.«

»Beim Beifahrer ist es wohl der noch nachwirkende Liebesrausch, aber der Fahrer sollte echt mal auf die Straße sehen«, fand auch Nelly und verzog genervt das Gesicht.

Als der Bus außer Sichtweite war, lenkten die Freundinnen ihre Pferde auf die Straße. Doch nach der nächsten Kurve stießen sie erneut auf den alten Bus. Er parkte auf dem Seitenstreifen, ganz genau dort, wo Kata und Nelly mit den Pferden langmussten. Der Beifahrer war ausgestiegen und stand seitlich zu ihnen, halb im Unterholz, das den Weg säumte.

»Bäh, ich glaub's nicht«, quiekte Nelly, »der Typ pinkelt da hin.«

Angewidert schüttelte sich Kata. »Boah, manche Leute haben echt kein Schamgefühl. Lass uns hier kurz warten, bis der fertig ist. Ich reite bestimmt nicht an einem pinkelnden Kerl vorbei.«

Nelly nickte – da hörten sie, wie der Typ, ohne sich umzudrehen, seinem Kumpel im Auto etwas zurief. »Die Alte ist echt zu blöd. Ein bisschen Süßholz raspeln und schon macht sie alles für mich. Hat mir brav erzählt, dass die reichen Bonzen, für die sie malocht, erst übermorgen zurückkommen, und dann den Schlüssel, ohne blöde Fragen zu stellen, sofort ein zweites Mal herausgerückt.«

»Du bist halt ein echter Charmeur«, spottete der Kerl im Bus und lachte dreckig.

»So ist es«, triumphierte er. »Ich krieg jede rum, aber bei der war es echt ein Kinderspiel. Den Code für die Alarmanlage hat die mir gleich nach dem ersten Mal knutschen wie ein kleines Vögelchen gezwitschert. Tja, Mister Superlo…« Das Wort blieb ihm in der Kehle stecken, als er sich umwandte und die beiden Reiterinnen nicht weit von ihm entfernt am Straßenrand entdeckte.

Er schloss seine Hose und starrte Kata und Nelly finster an.

»Was ist, hä«, knurrte er bösartig, »noch niemals 'nen Kerl gesehen oder warum glotzt ihr so dämlich?«

Drohend machte er einen Schritt auf Kata und Nelly zu, während sich die Fahrertür öffnete und nun auch der zweite Typ ausstieg.

»Ey, was wollt ihr hier?«, pöbelte er sie mit gehässiger Stimme an. »Habt ihr uns etwa belauscht?«

»Ähm … nein«, behauptete Nelly kleinlaut.

»Wir wollten hier nur langreiten«, sagte Kata und gab sich die größte Mühe, ihre Stimme völlig normal klingen zu lassen. »Aber Ihr Auto versperrt uns den Weg.«

»Dann reitet doch mit euren blöden Gäulen auf die andere Seite. Oder seid ihr dafür zu dämlich?«, motzte der Fahrer.

Kata nahm ihren ganzen Mut zusammen, auch wenn die beiden Typen ihr echt nicht geheuer waren.

»Schon mal was von Verkehrsregeln gehört?«, gab sie ebenso unfreundlich zurück.

»Lass uns lieber abhauen«, zischte Nelly ihr leise zu. »Die sind eindeutig auf Stress aus ...«

Kata nickte. Fast gleichzeitig wendeten die Freundinnen ihre Pferde um und wollten denselben Weg zurückreiten.

»Ey, bleibt gefälligst stehen«, brüllte der Fahrer ihnen hinterher. »Ich will wissen, was ihr gehört habt!?«

Doch Kata und Nelly dachten nicht im Traum daran, stehen zu bleiben. Ganz im Gegenteil. Wie auf ein geheimes Kommando hin trabten sie ihre Pferde an. Der Grünstreifen entlang der Straße war zwar ziemlich schmal und unter normalen Umständen würden sie hier nicht traben, doch sie hatten das ungute Gefühl, dass es besser war, sich so schnell wie möglich von den beiden Kerlen zu entfernen.

Tatsächlich hatte sie ihr Gefühl nicht getäuscht, denn im nächsten Moment wurde der Motor gestartet. Der Bus wendete und nahm dann die Verfolgung der Reiterinnen auf.

»Mist, Kata, die fahren uns hinterher«, stellte Nelly fest, als sie einen Blick über ihre Schulter warf.

»Da hinten geht es wieder auf den Feldweg«, rief Kata. »Da kann kein Auto fahren. Da werden wir sie los.«

Doch Kata hatte sich getäuscht. Kaum dass sie den Feldweg ein Stückchen entlanggetrabt waren, schoss hinter ihnen der VW-Bus von der Straße ebenfalls auf den eigentlich für ein Auto zu schmalen Pfad.

Der Motor heulte auf und Nelly schrie panisch: »Kata, galoppier an. Schnell, die sind immer noch hinter uns her!«

Im gestreckten Galopp preschten die Freundinnen den Feldweg entlang, hinter ihnen rumpelte der VW-Bus über den unebenen Pfad.

»Schneller!«, schrie Nelly Kata zu. »Sie haben uns gleich eingeholt.«

Tatsächlich war der VW-Bus nun bedrohlich nahe hinter ihnen. Auch wenn er alt und klapprig war, so hatte er trotzdem ein paar mehr PS als Fly und Showgirl.

Kata sah keinen anderen Ausweg, als nach links auf den frisch bestellten Acker zu galoppieren, um ihre Verfolger endgültig abzuhängen.

Kapitel 11

Atemlos parierten Kata und Nelly auf der anderen Seite des Ackers ihre Pferde durch. Der Boden war so tief gewesen, dass sich Fly und Showgirl völlig verausgabt hatten. An Hals und Brust waren sie weiß vor Schaum. Mit blutroten Nüstern standen sie da und pumpten heftig.

»Wir haben sie abgehängt«, keuchte Nelly. Schweißperlen standen ihr auf der Stirn und der Oberlippe. »Ich fasse es echt nicht, dass die uns hinterhergefahren sind. Verdammt, was hätten die wohl mit uns angestellt, wenn sie uns erwischt hätten?« Sie schüttelte den Kopf und antwortete sich dann selbst. »Nein, das will ich mir lieber gar nicht erst vorstellen.«

Kata schluckte schwer. Sie traute sich kaum, es auszusprechen. Nicht schon wieder irgendwelche Mutmaßungen. Über ein besonders gutes kriminalistisches Gespür verfügte sie allem Anschein nach wahrhaftig nicht. Und jetzt erneut abenteuerliche Spekulationen von sich zu geben … hm … Doch, verdammt, die Sache war einfach mehr als nur verdächtig, sie war eindeutig.

»Ich glaube, wir sind gerade von den Gestütseinbrechern verfolgt wurden«, wisperte Nelly. »Und die Haushälterin der Casparons ist ihre Komplizin. Jetzt wird mir auch klar, warum es nirgendwo Einbruchspuren an den Toren gegeben hat. Und woher sie den Code für die Alarmanlage wussten …« Klatschend schlug sich Nelly die flache Hand vor die schweißnasse Stirn. »Mannomann, die Casparons haben den Dieb tatsächlich im eigenen Haus sitzen. Und dazu auch noch mutterseelenallein, weil sie noch immer in ihrem Strandhaus hocken.«

Kata schüttelte den Kopf. »Ich glaube nicht, dass die Haushälterin mit denen unter einer Decke steckt«, widersprach sie ihrer Freundin. »Für mich hat sich das eher so angehört, als hätte der Typ sie nur ausgenutzt. Ihr die große Liebe vorgespielt, um an den Schlüssel und den Code zu kommen.«

Nelly klopfte Showgirl den klitschnassen Hals. »So kann es natürlich auch gewesen sein …«, stimmte sie Kata zu. »Boah, wie kann man nur so dumm sein …«

»So was soll es tatsächlich geben«, murmelte Kata.

Einen Moment schwiegen die beiden Mädchen. Bis Kata sich räusperte, weil da plötzlich ein dicker Kloß in ihrer Kehle steckte, und leise fragte: »Und was machen wir jetzt?«

Nelly sah Kata verständnislos an. »Wie, und was machen wir jetzt?«

Kata seufzte tief. »Ich meine, was wir jetzt tun sollen?«

»Erst mal zum Gestüt zurückreiten und dann natürlich sofort Cliff verständigen, der dann die Polizei anruft. Die werden der Haushälterin bestimmt direkt einen Besuch abstatten und ganz sicher wird sie denen die Namen und Adressen der beiden Kerle verraten. Erst recht, wenn sie kapiert, dass sie selbst ausgenutzt wurde.«

»Und wenn sie sich weigert?« Kata war sich wirklich nicht sicher, dass die junge Frau ihren angeblichen Freund verraten würde. Sie musste etwas ahnen – so doof konnte niemand sein, und ob sie dann tatsächlich sofort alles ausplauderte – Kata hatte da so ihre Zweifel.

»Hast du dir zufällig das Kennzeichen gemerkt?«, fragte sie Nelly.

Doch die verneinte. »Nö, echt nicht. Das ging alles so schnell und erst habe ich auch überhaupt nicht gecheckt, wen wir da eigentlich vor uns haben. Du etwa?«

Kata schüttelte den Kopf. »Leider auch nicht.« Mit

einem bitteren Grinsen fügte sie hinzu: »Sonst hätte ich dich ja nicht danach gefragt.«

»Eins ist klar, zu Detektiven taugen wir beide absolut nicht«, stellte Nelly trocken fest.

Da konnte Kata ihr nur beipflichten.

***

Als Kata und Nelly zum Gestüt zurückkamen, herrschte dort nur wenig Betrieb. Weiter hinten bei den Weiden waren Karl und Jurek damit beschäftigt, die Stromlitzen zu überprüfen. Zwei Frauen ritten oben auf dem großen Reitplatz und zwischen den Stallgassen ließ ein Einsteller seinem Pferd vom Hufschmied neue Eisen verpassen. Von Cliff Barnes und Leo war weit und breit nichts zu sehen.

»Hier ist ja kaum was los«, wunderte sich Nelly. »Liegt bestimmt an der Hitze. Die kommen alle erst gegen frühen Abend. Aber wo um alles in der Welt ist Cliff?«

»Mist!« Kata hielt sich die Stirn. »Jetzt fällt es mir gerade wieder ein. Heute ist doch der Dreh mit Salvatore.«

»Dann nichts wie rüber zu den DreamLand-Film-Studios«, schlug Nelly vor.

Doch Kata schüttelte den Kopf. »Die drehen nicht drüben. Die sind irgendwoanders hingefahren. Cliff hat mir sogar gesagt wo. Aber ich habe nicht so richtig zugehört, weil ich viel zu aufgeregt war, dass ich Salvatore reiten durfte.«

»Das ist wirklich Mist!«, fluchte Nelly. »Dann rufen wir ihn halt an.« Doch im nächsten Moment wurde ihr selbst bewusst, dass das aussichtslos war. »Cliff hat das Handy am Set immer ausgestellt. Schöne Schande aber auch …« Sie atmete tief durch. »Und wenn wir selber die Polizei verständigen?«

Unentschlossen hob Kata die linke Schulter. »Und sich dann am Endes das Ganze aus irgendeinem Grund als falscher Verdacht herausstellt? Nelly, ehrlich, ich finde es besser, wenn wir zunächst Cliff informieren.«

»Vorschlag«, sagte Nelly. »Wir versorgen jetzt erst einmal unsere Pferde und dann reden wir mit Karl. Okay?«

Kata nickte. »Okay!«

Karl sah sie mit großen, ungläubigen Augen an, als Kata und Nelly ihm kurze Zeit später von der unschönen Begegnung mit den beiden Typen im VW-Bus berichteten.

»Und Maike soll mit denen unter einer Decke stecken«, brummte er ungläubig. »Hm … das kann ich mir ehrlich gesagt nur schwer vorstellen. Ich kenne sie schon seit Jahren als sehr fleißig und zuverlässig.«

Nelly gestikulierte mit den Händen wild in der Luft herum. »Ja, das stimmt sicher auch, Karl. Aber vielleicht hat sie es einfach nicht kapiert, dass ihr Typ sie nur ausgenutzt hat. Verstehst du, er hat ihr die große Liebe vorgegaukelt und sie ist auf ihn reingefallen.«

Karl blieb dennoch skeptisch. »So naiv ist Maike nicht.« Er kramte in seiner Hosentasche herum und zog schließlich sein Handy hervor.

»Was hast du vor?«, fragte Kata alarmiert, weil sie plötzlich so eine komische Vorahnung hatte.

»Ich rufe Maike an und frage sie, was das mit ihrem angeblichen Freund auf sich hat.«

»Nein! Bloß nicht!«, rief Kata. »Wenn sie mit denen unter einer Decke steckt, dann sind sie durch deinen Anruf doch gewarnt.«

»Genau«, stimmte Nelly ihr zu. »Dann verständigt sie ihre Komplizen und die machen sich am Ende noch mit den Sätteln aus dem Staub.«

Karl schüttelte fast ein wenig empört den Kopf. »Sagt mal, was soll denn so eine üble Nachrede? Erst verdächtigt Katharina drüben die Komparsen und Schauspieler und nun sagt ihr so etwas Gemeines über Mira, die ich bisher nur als eine echte Seele von Mensch erlebt habe.« Er holte rasselnd Luft. »Bei allem Verständnis dafür, dass ihr Angst um eure Sättel und natürlich auch Pferde habt, aber das geht eindeutig zu weit.«

Kata und Nelly sahen sich an und dachten dasselbe: Es ist sinnlos. Der sonst so freundliche und stets gut gelaunte Karl glaubte ihnen kein Wort. Da konnten sie reden und reden, er blieb dabei. Mira war eine Gute und auch absolut nicht naiv. Dafür sahen Kata und Nelly Gespenster.

»Okay, okay, dann haben wir uns wohl geirrt, Karl«, räumte Nelly bemüht reuevoll ein. »Aber sei bitte so lieb und ruf die Haushälterin der Casparons nicht an. Es wäre uns wirklich peinlich, wenn sie mitkriegt, was wir ihr fälschlicherweise unterstellt haben.«

Kata nickte mit dem ganzen Oberkörper. »Und du hast natürlich recht, das mit dem ständigen Verdächtigen von Unschuldigen geht gar nicht.«

Karl blickte ihnen prüfend in die Gesichter. »Und was meint ihr, warum euch die Kerle mit dem VW-Bus verfolgt haben?«

Skeptisch verzog Kata ihr Gesicht. »Du, Karl, vielleicht haben die sich einfach nur einen Spaß mit uns erlaubt«, wiegelte sie ab. »Es gibt doch immer mal wieder so bekloppte Leute, die meinen, das wäre lustig.«

Langsam schüttelte Karl den Kopf. »Ich weiß nicht.«

Hinter ihnen klapperte ein Rad. Noch bevor Kata und Nelly sich umdrehten, wussten sie, dass es Milas altes Hollandrad war, das den Lärm verursachte.

»Wir müssen jetzt auch los, Karl«, sagte Nelly hektisch. »Bitte ruf diese Mira nicht an, ja? Wir schämen uns wirklich.«

Karl atmete tief durch und nickte schließlich. »In Ordnung. Aber haltet euch zukünftig besser etwas zurück.«

»Das machen wir«, versprach Kata und wandte sich dann zu Mila um.

Im Laufschritt eilten Kata und Nelly zu ihrer Freundin, die ihnen mit großen Augen entgegenblickte.

»Ist was passiert? Ihr seht irgendwie ... komisch aus. Irgendwie crazy.«

»Alles paletti«, erklärte Nelly mit bitterer Stimme. »Außer vielleicht, dass wir gerade vor zwei miesen Kerlen in einem VW-Bus flüchten mussten, die uns und unsere Pferde den Feldweg entlanggejagt haben.«

»Und ich habe mal wieder Unschuldige verdächtigt, weshalb Karl mich jetzt endgültig für hysterisch hält. Aber sonst ist alles total supi!«

»Okay«, sagte Mila gedehnt. »Und warum glaube ich euch grad kein einziges Wort?«

Kata lachte. »Och, Mila, damit bist du in bester Gesellschaft. Leo ...«

»Halt!«, verlangte Mila. »Hört sofort damit auf. Ich bin's, Mila, eure Freundin. Also seid doch bitte so gut und erzählt mir, was hier eigentlich los ist!«

Nelly nickte. »Sorry, ja, du hast natürlich recht. Aber ich kann total nachvollziehen, wie blöd sich Kata vorgekommen sein muss, als sie fest davon überzeugt war, die Diebe belauscht zu haben, und dann hat ihr niemand geglaubt.«

Milas Augenbrauen wanderten nach oben. »Und jetzt habt ihr also wieder einen Verdacht und Karl glaubt euch nicht«, kombinierte sie.

Ihre beiden Freundinnen nickten gleichzeitig.

»Okay, ich höre«, forderte sie Kata und Nelly auf.

Nachdem die beiden abwechselnd geschildert hatten, was ihnen gerade passiert war und wovon sie nun überzeugt waren, konnte Mila nur fassungslos den Kopf schütteln.

»Ich kapiere nicht, wie Karl daran zweifeln kann? Die Sache ist doch glasklar.«

Kata schnaufte. »Daran bin ich schuld. Die denken hier alle, ich leide unter Halluzinationen.«

Mila legte den Arm um sie. »Ich nicht, Kata, und für mich gibt es auch keinen Zweifel daran, dass es ganz genauso war, wie ihr es gerade erzählt habt.«

»Also, was machen wir jetzt? Gefahr laufen, dass wir nachher Cliff davon erzählen, wenn er zurück ist, und er dann genauso wie Karl reagiert?«, fragte Nelly. »Oder es über Leo versuchen? Der ist aber momentan wegen seiner unglücklichen Liebe total neben der Spur und bestimmt keine großartige Unterstützung. Oder einfach noch mal hoch zum Haus der Casparons schlendern und ein Gespräch mit dieser Maike führen?«

»Du meinst, wir sollen es auf eigene Faust versuchen?« Kata rieb sich nachdenklich am Kinn.

»Klar, warum eigentlich nicht«, fand nun auch Mila. »Ich hab echt keine Lust, dass Brancos Sattel demnächst auch noch geklaut wird. Und außerdem herrscht seit dem Einbruch irgendwie eine total bedrückte Stimmung auf dem Gestüt. Ich finde, wenn wir die Chance haben, daran irgendwie was zu ändern, dann sollten wir das auch gefälligst tun.«

»Okay«, sagte Kata. »Abgemacht!«

Kapitel 12

Die dunkelhaarige Frau schaute überrascht von Kata zu Mila und von Mila zu Nelly, bevor sie mit geschäftsmäßiger Stimme fragte: »Was kann ich für euch tun?«

Mila lächelte überfreundlich. »Cliff Barnes hat uns geschickt. Er hat irgendwie seinen Schlüssel fürs Gestüt verlegt und Karl ist zurzeit auf dem Weg zum Futtermittelhändler. Er hat gemeint, wir sollten den Schlüssel der Casparons borgen und ihm bringen.«

Auf der Stirn der Haushälterin erschien eine misstrauische Falte. »So, darüber hat mich aber niemand informiert.«

»Na ja, deshalb sind wir ja hier.« Nellys Stimme klang wie Zuckerwasser. »Wir sollen Sie von Cliff ganz herzlich grüßen. Er muss nur irgendetwas aufschließen, was halt nur mit dem Generalschlüssel geht. Danach bringen wir den Schlüssel sofort wieder zurück zu Ihnen.«

»Ähm … ich weiß nicht … also«, die Haushälterin stockte. Man sah ihr regelrecht an, wie es hinter ihrer Stirn arbeitete.

»Wenn es Ihnen lieber ist, dann ruft Cliff bei den Casparons an und die dann wiederum bei Ihnen, dass es in Ordnung geht, wenn Sie uns den Schlüssel aushändigen«, fiel es Mila ein zu sagen.

Die Wangen der Haushälterin verfärbten sich rosa.

»Das ist nicht nötig«, winkte sie hektisch ab. »Nur gerade passt es mir nicht. Ich habe einen ganz wichtigen Termin und muss sofort weg. Könnt ihr vielleicht in einer Stunde wiederkommen? Dann gebe ich euch den Schlüssel für Herrn Barnes.«

»Kein Problem«, erklärte Mila mit einem scheinheiligen Lächeln. »Dann sind wir einfach in einer Stunde wieder hier. Bis dann.«

Die Mädchen hoben zur Verabschiedung die Hände und schlenderten dann bemüht lässig davon. Doch kaum waren sie außer Sichtweite der Haushälterin, streckte Mila die Faust in die Luft.

»Volltreffer!«, rief sie triumphierend. »Habt ihr gesehen, wie nervös die geworden ist?! Der sind ja sämtliche Gesichtszüge flöten gegangen. Also echt, Mädels, wenn die keinen Dreck am Stecken hat, dann beiß ich in 'nen Besenstiel.«

Kata nickte. »Zumindest hat sie ein megaschlechtes Gewissen. Das war eindeutig zu erkennen.«

»Absolut!«, stimmte auch Nelly den beiden zu. »Dann suchen wir uns jetzt mal ein schönes Plätzchen und hoffen, dass sie sofort zum Telefon greift und ihren Typen anruft. Wenn der ihr dann die Schlüssel zurückbringt, fotografieren wir sie und ihn dabei und zeigen die Fotos Cliff. Sollte er uns dann immer noch nicht glauben, müssen wir die Gute eben höchstpersönlich mit unseren Beweisen konfrontieren.«

»Klingt nach einem Plan«, fand Nelly.

»Nach einem guten Plan von *dir*, Mila«, fügte Kata hinzu und lächelte Mila an. »Ich bin ja bekanntlich nicht so genial im Pläneschmieden. Zumindest wenn es darum geht, irgendwelche dubiosen Typen zu überführen.«

Tatsächlich dauerte es nicht allzu lange, da kam der VW-Bus den Privatweg zum Landsitz der Casparons hochgefahren.

»Unglaublich«, hauchte Kata im Versteck inmitten von Rhododendronbüschen, die den Weg säumten. Zuvor hatte Kata sich allerdings vergewissert, dass der Busch keine Dornen hatte. Ihr Bedarf an Dornenbüschen war mehr als ausreichend gedeckt.

»Ja, unser Plan funktioniert tatsächlich«, staunte auch Mila.

Nelly kramte unterdessen schon mal ihr Handy aus

der Gesäßtasche ihrer Reithose hervor und zoomte die Eingangstür so weit wie möglich heran.

Der VW-Bus hielt direkt vor der Eingangstür und der Typ auf der Beifahrerseite sprang heraus. Er und die Haushälterin der Casparons tauschten ein paar Worte miteinander, wobei sie wild mit den Händen gestikulierte. Anscheinend war sie nervös geworden oder gar sauer auf ihren Typen, denn als er sie in den Arm nehmen wollte, schubste sie ihn von sich. Doch zum Abschied ließ sie es dann doch zu, dass er sie küsste.

Kurz darauf sprang der Typ zurück ins Auto und der Bus fuhr mit quietschenden Reifen davon.

»Hast du alles schön mit dem Handy aufgenommen?«, fragte Mila Nelly.

Die nickte. »Ich habe zur Sicherheit Serienfotos gemacht.«

»Und ich habe gefilmt«, erklärte Kata.

»Okay«, meinte Mila zufrieden. »Dann ist es jetzt an der Zeit, dass Cliff höchstpersönlich den Schlüssel abholt und der guten Frau dabei freundlicherweise die Fotos auf unseren Handys präsentiert.«

»Hauptsache, er ist jetzt endlich vom Dreh zurück«, hoffte Kata.

Doch Cliff war noch immer nicht auf dem Gestüt zu entdecken. Allerdings stand Salvatore wieder in seiner Box.

»Okay, das bedeutet dann wohl, er ist vom Außendreh zurück und vielleicht kurz nach Hause gefahren«, überlegte Mila laut. »Oder drüben bei den DreamLand-FilmStudios.«

»Lass uns zunächst dort nachschauen«, schlug Nelly vor. »Oder einfach noch mal versuchen, ihn anzurufen …«

Sie hatte gerade den Satz beendet, da kam Cliff in Begleitung zweier Männer auf den Hof geschlendert. Kata lief dunkelrot an, als sie erkannte, dass es die beiden Schauspieler waren, die sie verdächtigt hatte, die Einbrecher zu sein.

»Na, ihr drei«, begrüßte Cliff die Mädchen fröhlich. »Was steht ihr hier so untätig herum?« Er zwinkerte, deutete dann auf Kata und fügte an die beiden Schauspieler gerichtet hinzu: »Das hier ist übrigens unsere Miss Marple vom Hof. Außerdem ist sie eine hervorragende Reiterin.« Er legte Kata freundschaftlich die Hand auf die Schulter, während die sich ein metertiefes Loch wünschte, in das sie vor Scham gerne versunken wäre.

»Mag ja sein, dass Kata sich getäuscht hat«, erklärte Nelly. »Anderseits ist es doch ein Kompliment an Ihr schauspielerisches Talent, dass Kata Ihnen die Ganovenrolle so überzeugt abgenommen hat.«

Die beiden Männer lachten und Cliff nickte. »Du bist wirklich nie um einen Spruch verlegen, Nelly.«

»Und weil das so ist«, griff Nelly seine Worte auf, »wäre es jetzt echt super, Cliff, wenn du uns kurz zum Landsitz der Casparons begleiten könntest.«

»Warum?«, wollte Cliff Barnes natürlich wissen.

»Können wir es dir unterwegs erzählen?«, bat Nelly. »Wir möchten wirklich keine Zeit verlieren.«

»Okay«, gab Cliff Barnes schließlich nach und bat die beiden Männer, ihn einen Augenblick zu entschuldigen. »Ich bin gleich wieder zurück.«

»Na ja«, raunte Mila Kata zu. »Wenn er sich da mal nicht täuscht.«

***

Am Ende war es ganz einfach. Als Nelly in Anwesenheit von Cliff Barnes der Haushälterin die Fotos auf ihrem Handy unter die Nase hielt, unternahm die nicht einmal den Versuch einer fadenscheinigen Ausrede.

Sie erzählte unter Tränen, dass sie ihren *Freund* erst vor Kurzem in einem Club in der Innenstadt kennengelernt hat. Vom ersten Augenblick an war sie hin und weg gewesen und hatte ihn anschließend mit in das gerade leer stehende Haus der Casparons genommen.

Dort hatte der Typ wohl ganz schnell das große Geschäft gewittert und ihr zwischen wilden Küssen erst den Code für die Alarmanlage und dann den Generalschlüssel abgeschwatzt. Er hat behauptet, einem guten Freund zu seinem dreißigsten Geburtstag eine ganz besondere Überraschung bereiten zu wollen. Angeblich träumt dieser Freund seit jüngster Kindheit davon, einmal auf einem richtigen Pferd zu sitzen.

Es war mehr als naiv, so einen Unfug zu glauben. »Doch manchmal neigen die Menschen leider dazu, jemandem blind zu vertrauen, obwohl sie wissen, dass der andere dieses Vertrauen nicht wert ist«, meinte Cliff.

Verflixte Gefühle, ziemlich doofe Angelegenheit, dachte Kata.

***

Leo stand dicht am Rand des Abreiteplatzes und hielt nach irgendjemandem Ausschau. Bei seinem Anblick sackte Kata augenblicklich das Herz in die Kniekehlen.

Mit gesenktem Kopf wollte sie an ihm vorbeihuschen, rüber zum Parcours, wo Frank Thiessen bereits auf sie wartete, um ihn gemeinsam mit ihr abzugehen. Nelly führte unterdessen Fly im Schritt auf dem Abreiteplatz herum.

Doch Leo hatte sie schon gesehen. »Kata, hey, warte mal bitte.«

»Was ist denn?«, murmelte sie abweisend. »Frank wartet schon auf mich.«

»Es dauert nicht lange«, versprach Leo. »Ich möchte dir nur etwas sagen …«

Widerwillig blieb Kata stehen. Äußerlich ganz und gar auf Ablehnung, innerlich zerriss es ihr fast das Herz. Leo sah wie immer einfach umwerfend aus. Verdammt, stellte sie fest, ich bin so was von verknallt in ihn, dass es schon wehtut.

»Mein Vater hat mich gerade angerufen. Er konnte ja leider heute nicht mit zum Turnier kommen«, begann Leo und blickte Kata dabei ganz tief in die Augen. »Ich soll dir auf jeden Fall ganz viel Glück von ihm wünschen.«

»Danke«, murmelte Kata und wollte sich umwenden.

»Warte.« Leo legte seine Hand auf ihren Unterarm. »Ich soll dir auch noch ausrichten, dass die Polizei heute Morgen sämtliche Sättel sicherstellen konnte. Die Adresse, die der Typ der Haushälterin gegeben hatte, war tatsächlich richtig. Und die Kerle sind so dämlich, dass sie ihr Diebesgut im Keller versteckt haben.«

Für einen Moment keimte so etwas wie Freude in Kata auf. Dass noch alle Sättel da waren und nun ganz schnell ihren Besitzern zurückgegeben werden konnten, war wirklich die beste Nachricht seit Langem.

»Das freut mich sehr«, sagte Kata leise und brachte sogar ein kleines Lächeln zustande. »Aber jetzt muss ich wirklich los, den Parcours …«

»Es tut mir leid, Kata«, fiel Leo ihr ins Wort. »Ich war so blöd zu dir, weil, weil … Verdammt, weil ich einfach Angst um dich hatte. Es ist nämlich so …« Leo hob hilflos die Schultern, während er nach den richtigen Worten suchte. »Ach Mist, ich riskiere es jetzt einfach.«

Bevor Kata es wirklich begriff, zog er sie in seine Arme. Instinktiv schloss Kata die Augen und spürte im nächsten Moment seine Lippen auf ihren.

Ihre Knie drohten wegzusacken und Kata fragte sich, wie sie so bitte schön gleich reiten sollte, da war der Kuss schon wieder vorbei.

Unsicher öffnete Kata die Augen. Leos Gesicht so dicht vor sich zu sehen, seine Wärme zu spüren, seine Hand noch immer auf ihrem Rücken und dieser wunderschöne Kuss auf den Lippen, Kata war völlig überwältigt.

»Daran könnte ich mich gewöhnen«, sagte Leo mit rauer Stimme. »Und du, Kata, wie denkst du darüber?«

»So wie du«, flüsterte sie.

Epilog

»Hallihallo, ihr Lieben, heute habe ich euch mal mit aufs Turnier genommen.« Saskia lächelte fröhlich in die Kamera. Ihr Handy klemmte auf einem langen Teleskopstock, den sie in der rechten Hand hielt, um sich selbst zu filmen, wie sie Richtung Springplatz schlenderte.

»Meine kleine Schwester Katharina hat es nämlich ins Stechen um den Löwen-Cup geschafft. Was genau das ist, verlinke ich hier unter meiner Story. Ich bin jedenfalls wahnsinnig aufgeregt, denn die Höhe, über die Kata da eben schon in der ersten Runde mit ihrem Flying Dutchman im wahrsten Sinne des Wortes geflogen ist, ist einfach nur Angst einflößend. Ja, ihr Lieben, ich gebe es zu, ich hatte wirklich Angst um meine kleine Schwester. Und jetzt geht es gleich mit dem

Stechen weiter. Ich bin so aufgeregt, ich könnte in mein Handy beißen.« Saskia lachte gekünstelt, um dann aber schnell abzuwinken. »Was ich natürlich niemals tun würde. Auf jeden Fall geht es jeden Moment los, und wenn meine Hand nicht zu sehr zittert, dann filme ich Katas Ritt für euch. Also, wir sehen uns gleich wieder …« Saskia winkte in die Kamera und beendete die Aufnahme.

Am Rande des Springplatzes, der gerade fürs Stechen umgebaut wurde, standen Mila, Nelly, Saskias Eltern und Frank Thiessen. Sie machten einen freudigen, aber sehr angespannten Eindruck. »Da bist du ja«, sagte Saskias Mutter und lächelte ihre älteste Tochter an. »Ich dachte schon, du bist gefahren.«

Empört schüttelte Saskia den Kopf. »So ein Blödsinn. Denkst du, ich fahre nach Hause, wenn meine kleine Schwester im Begriff ist, ihr erstes M*-Springen zu gewinnen und somit den Löwen-Cup?!«

Ihre Mutter schüttelte den Kopf, während sie ihrem Mann verstohlen zuraunte: »Siehst du, Schatz, langsam werden aus Schwestern Freundinnen.«

»Abwarten«, blieb der skeptisch, grinste jedoch dabei.

Der erste Reiter im Stechen hatte einen Abwurf am Oxer und somit vier Strafpunkte. Die Zeit war allerdings richtig gut. Die Zweite, die ins Stechen ritt, ging auf Nummer sicher, sodass tatsächlich alle Stangen liegen blieben, doch dafür hatte sie ziemlich viel Zeit benötigt.

Die nächste und letzte Starterin war Kata. Sie holte noch einmal tief Luft, klopfte Fly liebevoll den Hals und flüsterte ihm leise zu: »Komm, mein Junge, zeig denen, was wir draufhaben.« Dann grüßte sie die Richter und galoppierte an.

Fly schien nur auf Katas Schenkeldruck gewartet zu haben, damit er lospreschen konnte. Doch auch wenn der hellbraune Wallach unfassbar schnell durch den Parcours galoppierte – Kata hatte nicht ein einziges Mal Mühe, ihn zu steuern und passend vors Hindernis zu bekommen. Als sie durchs Ziel rasten, brach ein ohrenbetäubender Jubel aus, während der Richter über die Lautsprecher verkündete: »Wow, das war der schnellste Ritt im Stechen und dazu sind auch noch alle Stangen liegen geblieben.« Er ließ kurz Musik aufklingen, dann war er wieder am Mikro. »Somit haben wir hier unsere Gewinnerin der M*-Prüfung, die auch in der Gesamtwertung führt und den begehrten Junioren-Förderpreis, den Löwen-Cup, für sich entscheiden konnte. Herzlichen Glückwusch an Katharina Schneider und ihren schnellen Flying Dutchman.«

Kata beugte sich im Sattel vor und flog um Flys Hals. Freudentränen tröpfelten aus ihren Augen in sein warmes Fell. Als sie aus dem Parcours ritt, warf sie einen Blick zur rechten Seite, wo ihre Freundinnen, ihr Trainer und ihre Familie standen, die noch immer wie verrückt jubelten, und winkte ihnen überglücklich zu.

Als Nächstes war Leo an ihrer Seite, der sie verliebt anstrahlte, und Kata war sich absolut sicher, dieser Moment war der glücklichste in ihrem Leben.

Rund ums Pferd von A bis Z

Abhalftern: Abnehmen des Stallhalfters
Abkauen: Das Pferd kaut auf dem Gebiss und beugt den Hals bis zur gewünschten Position
Abreiteplatz: Vorbereitungsplatz bei einem Turnier
Absatteln: Abnehmen des Sattels
Abteilung: Eine Gruppe von Reitern
Abteilungsreiten: Reiten einer Gruppe, zum Beispiel bei Prüfungen und im Reitunterricht
Abwerfen: Abwerfen einer Stange vom Hindernis, zum Beispiel beim Springen
Abzeichen: Weiße Haarstellen an Kopf oder Beinen des Pferdes. Abzeichen bleiben während des ganzen Lebens unverändert und dienen als Erkennungsmerkmale
Apfelschimmel: Eine Fellfarbe. Ein Schimmel mit dunkleren, rundlichen Flecken
Äppelboy: Praktisches Gerät zum Aufsammeln von Pferdekot
Aufnehmen: Abbremsen vor einem Sprung, zum Beispiel für eine bessere Vorbereitung auf diesen
Aufzäumen: Anlegen der Trense
Backenstücke: Die seitlichen Teile an der Trense

Bahn: Platz in der Halle oder im Freien, auf dem geritten wird
Bandagen: Schützende Binden, die an den Pferdebeinen angelegt werden
Bande: Umrandung in einer Reithalle oder auf einem Reitplatz
Bereiter: Jemand, der zum Beispiel (junge) Pferde einreitet und ausbildet
Beschlag: Hufeisen
Beschlagen: Das Anbringen der Hufeisen durch einen Hufschmied
Blesse: Weißer Fleck oder Streifen auf dem Vorderkopf des Pferdes
Bocken/Buckeln: Das Hochspringen des Pferdes. Alle Beine sind dabei in der Luft, der Rücken ist gewölbt
Box: Abteil im Stall für ein Pferd
Brandzeichen: Zeichen, das dem Pferd in Hals, Schenkel oder Sattellage mit einem glühenden Eisen eingebrannt wird
Brauner: Eine Fellfarbe. Mähne, Schweif und Beine sind schwarz, das Fell ist braun
Cavaletti: Niedrige, leicht verstellbare Hindernisse
Championat: Deutsche Meisterschaft
Chaps: Lederne Überhosen ohne Hosenteil, werden of beim Westernreiten verwendet
Doping: Unerlaubte Anwendung von Mitteln zur vorübergehenden Steigerung der sportlichen Leistung

Doppellonge: Zwei circa sieben bis zehn Meter lange Zügel, mit denen das Pferd vom Boden aus geschult werden kann
Doppelsprung: Kombination aus zwei Hindernissen
Dressur: Die Dressurausbildung erfordert eine harmonische Zusammenarbeit zwischen Pferd und Reiter. Sie soll den Gehorsam des Tieres steigern und braucht von beiden Seiten viel Geduld und Übung. Die Dressur wird nicht umsonst auch als *Königsdisziplin* bezeichnet
Dressurviereck: Reit- oder Fahrplatz, auf dem Dressurprüfungen gemacht werden
Durchgehen: Das Scheuen (Pullen) eines Pferdes. Es versucht sich der reiterlichen Einwirkung zu entziehen und will seinem Fluchtinstinkt Folge leisten
Durchparieren: Eine Hilfengebung, die das Pferd veranlassen soll, die Gangart zu wechseln oder anzuhalten
Druckstelle: Oberflächenverletzung, die meist durch schlecht sitzende Sättel oder Trensen verursacht wird
Einschuss: Schwellung, meist an der Hinterhand
Einstreu: Material, mit dem der Boden der Pferdebox (oder des Ruheplatzes) eingestreut wird
Einwirken: Das Zusammenspiel der reiterlichen Hilfen auf das Pferd
Englischtraben: Leichttraben
Falbe: Eine Fellfarbe. Graues oder sandfarbenes Fell, dunkles Langhaar

Fessel: Teil des Pferdebeines oberhalb von Huf und Krongelenk

Flämmchen: Kleines, längliches weißes Abzeichen auf der Stirn des Pferdes

Flanken: (Leisten) Bereich unterhalb der Hüfte bis zum Bauchansatz

Flehmen: Das Pferd wölbt die Oberlippe und die Nüstern sind fast geschlossen. So nimmt das Pferd interessante Düfte auf

fliegender Wechsel: Aus dem Galopp der einen Hand in den Galopp der anderen Hand umspringen

Flocke: Winzig kleiner weißer Fleck auf der Stirn des Pferdes

Fuchs: Eine Fellfarbe. Rötliche Färbung

Führstrick: Wird in Verbindung mit dem Stallhalfter benutzt und dient lediglich dem Führen des Pferdes zu einem anderen Ort. Ein Führstrick sollte mit einem Panikhaken versehen sein

Galopp: Schnellste Grundgangart des Pferdes

Gamaschen: Dienen dem Schutz der Pferdebeine und sind in vielerlei Ausführungen erhältlich

Ganaschen: Die seitlichen Übergänge vom Pferdekopf zum Pferdehals am unteren und hinteren Rand

Gebiss: Zähne des Pferdes oder Mundstück, das in die Zäumung geschnallt wird

Genickstück: Teil der Zäumung

Gerte: Kleine, biegsame Peitsche ohne Schnur. Gerten gibt es für die verschiedensten Sportarten in diversen Ausführungen

Geschirr: Ausrüstung, die für das Pferd beim Fahrsport gebraucht wird

Grundgangarten (GGA): Die Gänge Schritt, Trab und Galopp bezeichnet man als Grundgangarten, die jedes Pferd beherrscht

Halfter: Reithalfter oder Stallhalfter

Hand: Ein Begriff, der in der Reitbahn benutzt wird. Es wird unterschieden zwischen innerer Hand (zur Reitbahn Innenseite) und äußerer Hand (zur Bande weisend)

Hengst: Männliches Pferd

Hilfen: Die Signale vom Reiter an das Pferd

Hinterhand: Sammelname für Kruppe, Schweif und Hintergliedmaßen

Hufschlag: Der parallel zur Bande verlaufende Weg, auf dem geritten wird (1. Hufschlag, 2. Hufschlag usw. und zur Bahnmitte hin)

Hufschlagfiguren: Festgelegte gerade oder gebogene Linien, auch Kreise (Zirkel, Volte)

Impfung: Pferde müssen ebenso geimpft werden wie Menschen. Besonders wichtig ist eine Kombinationsimpfung gegen Tetanus (Wundstarrkrampf) und Pferdegrippe. Die Tiere können aber auch gegen Tollwut, Herpes und Hirnhautentzündung geimpft werden

Jagdgalopp: Schneller Galopp im Gelände

Jährling: Bezeichnung für ein Fohlen im ersten Jahr nach dem Geburtsjahr
Jockey: Die Reiter beim Pferderennen
Kandare: Die Kandare wird in der klassischen Reitweise oft mit Unterlegtrense eingesetzt, sodass der Reiter in jeder Hand zwei Zügel führt. Die Unterlegtrense sollte immer vorherrschen
Kleben: Verhalten eines Pferdes, das sich nicht oder nur sehr schwer von den anderen Pferden wegführen lässt, also förmlich an seinen Artgenossen klebt
Kardätsche: Bürste mit dichten kräftigen Borsten, die zum Putzen des Pferdes genutzt wird. Die Kardätsche wird vor allem bei grobem Schmutz, zum Beispiel getrocknetem Schlamm, verwendet
Kappzaum: Zäumung ohne Gebiss, die heute vorwiegend zum Longieren genutzt wird
Kastanie: Hornige »Warzen«, die oberhalb des Vorderfußwurzelgelenks und unterhalb des Sprunggelenks sitzen
Kehlriemen: Teil der Zäumung
Kolik: Verdauungsstörung, die sich durch verschiedene Anzeichen bemerkbar macht. Scharren, Blicke zum Bauch, treten mit den Hinterhufen in Richtung Bauch u. a.
Koppel: Eine eingezäunte Weide
Kruppe: Hinterer Bereich des Pferderückens
Langhaar: Schweif und Mähne des Pferdes

Laterne: Das größte Abzeichen am Kopf eines Pferdes. Der Kopf ist fast ganz weiß
Leichter Sitz: Das Gesäß berührt den Sattel nur noch minimal oder gar nicht mehr. Oft wird der leichte Sitz eingesetzt bei Jagden, dem Galopp im Gelände, beim Springen
Leichttraben: Bei jedem zweiten Takt hebt der Reiter, anders als beim Aussitzen, das Gesäß aus dem Sattel. Auch Englischtraben genannt
Longe: Circa sieben bis zehn Meter lange Leine, die zum Longieren eines Pferdes benutzt wird. Vor allem bei der Ausbildung von Fahrpferden wird auch mit zwei Longen gearbeitet. Dies wird dann Doppellonge genannt
Longieren: Das Pferd wird in einem Kreisbogen (auf dem Zirkel) an der Longe gearbeitet. Zum Antreiben des Pferdes wird meist eine Bahnpeitsche verwendet. Die Longenarbeit dient der Ausbildung junger Pferde ebenso wie dem Aufwärmen bereits eingerittener Pferde. An die Longe genommen werden die Pferde aber auch beim Voltigieren
Lösen: Die Bewegung vor der eigentlichen Arbeit. Dies kann beim Reiten geschehen oder an der Longe. Die Muskulatur des Pferdes soll für die folgende Arbeit gelöst (erwärmt) werden
Mähne: Die Mähne zählt zum Langhaar. Sie besteht aus dem Stirnschopf und der Halsmähne

Martingal: Die Hilfszügel laufen mit je einem Metallring über die Zügel. Sie sollen das Pferd daran hindern, den Kopf zu hoch zu nehmen
Mauer: Hindernis. Eine künstlich errichtete Mauer aus einzelnen Bauteilen im Springsport
Mittellinie: Gedachte Linie zwischen den Mittelpunkten der kurzen Seiten einer Reitbahn
Nachgeben: Nach jeder annehmenden Zügelhilfe folgt eine nachgebende
Nasenbremse: Ein Strick, der in einer Schlaufe an einem Holz oder Metallgriff befestigt ist. Die Nasenbremse dient dazu, allzu nervöse Pferde, zum Beispiel bei Untersuchungen, zu beruhigen (abzulenken)
Nasenriemen: Teil der Zäumung
Nüstern: Nasenlöcher des Pferdes
Offenstall: Stallgebäude auf einer Weide
Oxer: Hochweitsprunghindernis, das aus zwei Ricks besteht
Paddock: In der Regel ein fest eingezäunter, unbefestigter Auslauf für Pferde
Paddockbox: Eine Pferdebox, die über einen angeschlossenen kleinen Auslauf verfügt. Das Pferd kann selbst entscheiden, ob es drinnen in der Box oder draußen an der frischen Luft sein möchte
Panikhaken: Ist meist an Anbinde- und Führstricken vorhanden und ermöglicht ein Lösen auch unter Spannung des Stricks

Parade: Zügel- und Beinhilfe des Reiters
Parcours: Hindernisbahn im Spring- und Fahrsport
Pas de deux: Eine Kür, die von zwei Reitern durchgeführt wird. Beide Reiter führen zur gleichen Zeit die gleichen Lektionen aus
Pauschen: Polsterung am Schweißblatt des Sattels
Pedigree: Der Stammbaum eines Pferdes
Pony: Pferd, das nicht über 148 cm groß ist
Putzen: Pferdepflege mit Striegel und Kardätsche usw.
Quadrille: Eine Quadrille ist eine Reitgruppe mit mindestens vier Teilnehmern. Die Anzahl der Teilnehmer muss sich immer durch vier teilen lassen
Rappe: Schwarzes Pferd
Rauhfutter: Grundfutter für Pferde. Gras, Heu und Stroh
Reitbahn: Abgegrenzter Platz im Freien oder in der Halle zum Reiten. Meist 20 Meter mal 40 Meter oder 20 Meter mal 60 Meter
Rick: Hochsprunghindernis, das aus mehreren übereinandergelegten Stangen besteht
roh: Bezeichnung für ein junges Pferd, bei dem man noch nicht mit der Ausbildung begonnen hat
Satteldecke: Sattelunterlage
Satteldruck: Hautverletzung, die durch einen schlechtsitzenden Sattel entsteht
Sattelzwang: Angstzustand bei Pferden, wenn sie gesattelt werden sollen

Schabracke: Rechteckige Satteldecke
Schenkelhilfen: Hilfen des Reiters durch leichten Druck der Schenkel
Schimmel: Fellfarbe. Weißes Fell mit weißer Mähne und weißem Schweif
Schritt: Gangart des Pferdes
Schweifrübe: Der aus Wirbeln und Muskeln bestehende Teil des Schweifes
Schweißmesser: Instrument, mit dem man Wasser oder Schweiß vom Fell des Pferdes abziehen kann
Sitz: Die Haltung des Reiters auf dem Pferd
Springglocken: Glockenförmige Schutzhüllen (z. B. aus Gummi), die über die Hufe gestülpt werden
Stockmaß: Höhe des Pferdes. Wird vom Widerrist bis zum Boden gemessen
Strahl: Dreieckiges Hornstück auf der Unterseite des Hufes
Stute: Weibliches Pferd
Takt: Die rhythmische Abfolge der Schritte in allen Gangarten
Trab: Gangart des Pferdes
Trächtigkeit: Schwangerschaft der Stute
Trense: Zaumzeug für ein Pferd
Trensen/Auftrensen: Anlegen der Trense
Übergänge: Wechsel von einer Gangart in die nächste
Übertreten: Die Hinterhufe treten über die Spur der Vorderhufe hinaus

Viereck: Reitbahn
Volte: Hufschlagfigur. Man reitet dabei einen Kreis
Voltigieren: Turnen an und auf einem Pferd, das an einer Longe im Kreis galoppiert
Vorhand: Teil des Pferdes, der vor der Hand des Reiters liegt. Demnach sind das Kopf, Hals, Widerrist, Brust und Vorderbeine
Wall: Hindernis beim Springen
Wallach: Kastriertes männliches Pferd. Wallache sind umgänglicher und weniger nervös beim Reiten als Hengste
Wälzen: Wälzen ist ein Grundbedürfnis der Pferde. Das Pferd reibt den Körper auf der Stelle, an der es sich hingelegt hat. Dadurch werden abgestorbene Hautzellen, lose Haare und eventuelle Parasiten entfernt
Wassergraben: Weitsprunghindernis
Weben: Verhalten, das häufig aus Langeweile entsteht. Das Pferd führt – oft stundenlang – die gleichen Bewegungen aus. Es pendelt mit Hals und Kopf ständig von einer Seite auf die andere
Wechselpunkt: So bezeichnet man die acht Stellen an der Bande, die dort als Anfangspunkt, Endpunkt oder als Punkt für einen Handwechsel angegeben sind
Weitsprung: Hindernis
Widerrist: Der erhöhte Übergang vom Hals zum Pferderücken
Widerristhöhe: Allgemeine Angabe der Größe eines

Pferdes. Diese wird ermittelt mit dem Bandmaß oder Stockmaß
Weide: Eingezäunte Wiese
Wiehern: Kontaktrufe des Pferdes
Zäumung: Kopfzeug des Pferdes
Zirkel: Kreisförmige Hufschlagfigur in der Reitbahn
Zügel: Teil der Zäumung

Myriad High

DIESE SERIE
MACHT SÜCHTIG

ALLE LIEFERBAREN TITEL, INFORMATIONEN UND SPECIALS
FINDEST DU ONLINE

Auch als eBook

www.dtv.de dtv